# 고양이 버스

문미순 소설집

문 미 순 소 설 집

# 고양이 버스

2021년
심훈문학상
수상작

아시아

# 차례

비
눗
방
울

연 교수는 좌식 탁자가 놓인 식당 한쪽에 앉아 재경을 기다리고 있었다. 1년 전과 별다를 바 없이 꼿꼿하고 우아한 자세였다. 귀밑으로 채 염색이 되지 않은 흰머리가 보였지만 눈빛은 팔십을 바라보는 나이에도 세풍에 시달려본 적 없는 천진함을 품고 있었다. 크림색 터틀넥에 화려한 꽃무늬 실크 스카프를 두르고 있어 얼굴빛이 화사해 보였다. 재경은 시폰케이크 상자를 바닥에 내려놓으며 늦어서 죄송하다고 말했다.

"아, 어서 와요."

연 교수는 재경을 오랜만에 찾아온 제자를 대하듯 반가운 얼굴로 맞아주었다. 세월이 흘러도 교직에 오래 종사한 태가 묻어나는 깔끔하고 단정한 말투였다. 일주일 전 연 교수로부터 점심이나 하자는 연락을 받았을 때 재경은 조금 뜨악한 기분이었다. 한때 그녀의 집에서 한솥밥을 먹은 적이 있지만, 일을 그만둔 뒤로 몇 번의 만남과 안부가 오가다 뜸해졌기 때문이었다. 연락은 언제나 그쪽으로부터 왔고, 마지막 통화를 한 시점으로부터 1년이 지났을 땐 불필요한 만남이 사라진 데 대해 내심 홀가분해하던 차였다. 하지만 연 교수는 연락을 안 한 게 아니라 못 한 거였다며 코로나 바이러스 얘기에 열을 올렸다. 전화 말미에 우리 집안은 한 번 인연을 맺은 사람은 놓아주지 않는다는 웃음 섞인 농담을 던졌던가.

연 교수가 앉아 있는 등 뒤로 흰나비와 붉은 목단 꽃이 그려진 네 쪽짜리 병풍이 펼쳐져 있었다. 한낮의 햇빛이 방 안 창호 문살 사이로 환하게 비쳐들었다. 아늑한 방 분위기 탓인지 재경의 긴장했던 마음도 조금씩 누그러졌다. 자리에 앉으니 식당 직원이 따뜻한 차를 내왔다. 이미 주문이 들어갔는지 호박죽과 샐러드, 가지찜과 두부요리, 코다리 튀김 같은 음식들이 차례대로 나왔다. 음식 평은 날씨 얘기만큼이나 무해하고 어색한 시간을 죽이기에 좋은 대화소재였다. 음식들은 양념이 담백하면서도 깊은 맛이 났지만 자리가 자리인지라 재경은 그 맛을 맘껏 즐길 수 없었다. 연 교수는 접시에 담긴 음식들을 하나하나 음미하며 깨끗이 비워갔다. 몇 가지 요리를 먹고 나자 기본반찬들과 밥과 국이 나왔다.

"늙으면 입맛만 남는다더니, 이 멸치볶음은 아줌마 것만 못하네."

연 교수는 들고 있던 젓가락을 놓으며 재경의 음식 솜씨를 들먹였다. 칭찬이었겠지만 재경은 그저 슬쩍 웃고 말았다. 수년 전 그녀가 하던 일을 떠올리고 싶지 않았기 때문이다.

"지금 어디 다닌다고 했지요?" 연 교수가 냅킨으로 입을 닦으면서 물었다.

"클린홈이라고, 청소전문회사에요."

재경은 회사 이름을 천천히 힘주어 발음했다.

"사무실이나 주택에 네다섯 명씩 팀원들이 파견돼 청소해주고 오는 그런 일이에요."

"아아……."

연 교수는 그제야 고개를 끄덕였다.

"그래. 직장은 다닐 만하고요?"

"네. 4대보험도 되고, 팀원들끼리 같이 움직이니까 시간도 잘 가고……."

재경은 굳이 계약직이라는 말까지 하지는 않았다. 팀원 중에 나이가 제일 많은 재경은 손이 느리다며 작업반장으로

부터 탐탁지 않은 눈총을 받고 있었다.

"딸은, 대학 졸업했지요?"

연 교수는 후식으로 나온 매실차로 손을 뻗으며 물었다.

"네. 벌써 취업해 회사에 다니는 걸요. 컴퓨터로 편집하는 디자인 회사라는데 전 들어도 잘 모르겠더라고요."

재경은 딸이 수개월 전 그만둔 회사 얘기를 하며 어색하게 웃었다. 딸은 전문대학을 졸업하고 국가에서 지원해주는 컴퓨터 교육도 1년이나 더 받은 후 취업에 성공했는데, 무슨 이유에선지 갑자기 회사를 그만두고 집에 들어앉았다. 지금은 살이 올라서 집 밖 출입을 하지 않고 있었다.

"아, 벌써 그렇게 됐나요? 하긴, 우리 서현이가 벌써 초등학생이 됐는데."

연 교수는 외손녀 얘기를 꺼내며 얼굴이 환해졌다. 그러면서 미국 보스턴 어딘가에 있다는 사립 초등학교 이름을 댔다. 재경은 초등학생이 된 서현이의 모습을 떠올려보았지만 잘 상상이 되질 않았다.

"잘 됐다. 요즘 같은 취업난에 제 밥벌이만 해도 그게 어디에요?"

의례적인 인사치례였겠지만 연 교수의 얼굴은 진심으로 기뻐해주는 표정이었다.

"시간 참 빨라. 그만큼 내가 늙었다는 뜻이겠지만."

연 교수가 등받이 의자에 몸을 기대며 아련한 표정을 지었다.

"애들이 그러는데 서현이가 지금도 툭하면 둔촌동 아줌마 얘기를 한다잖아요."

재경은 화제를 돌리고 싶었지만 연 교수가 한 번 손녀얘기를 꺼내면 쉬이 끝나지 않으리란 것쯤은 알고 있었다.

"두 분은 이제 한국에 나오실 때 됐지요?"

"무슨. 박사논문 쓴다고 둘 다 정신없어요. 시작은 쉬워도 끝을 모르는 게 공부거든."

연 교수가 체념에 가까운 웃음을 지었다. 재경은 앳된 얼굴의 서현이 엄마와 늘 그 옆에서 맥없이 웃곤 하던 서현이 아빠가 떠올랐다. 재경은 연 교수가 딸 부부의 학비와 생활비 일체를 대준다는 걸 알고 있었다.

"빨리들 나오셔야 교수님이 적적하지 않으실 텐데……."

재경은 걱정 어린 투로 말했다. 연 교수는 재경의 말을 못 들었는지 핸드폰을 뒤적이다가 불쑥 팔을 뻗어 내보였다. 핸드폰 화면에는 엄마아빠 품에 안겨 활짝 웃고 있는 서현이가 보였다. 공원으로 소풍을 나왔는지 붉은색 체크무늬 담요와 음식 바구니, 세발자전거가 있는 잔디밭을 배경으로 서현이가 해맑게 웃고 있었다. 오른쪽 검지와 중지로 V자를 그리고 있는 서현이를 재경은 두근거리는 마음으로 한참동안 바라보았다. 못 본 사이 꽤 키가 컸고 얼굴도 살이 올랐다.

"어머, 나 좀 봐. 손주 자랑하려면 만 원씩 내고 해야 된다는데, 내가 이렇게 주책이야."

연 교수가 수줍음 많은 여학생처럼 얼굴을 붉혔다. 하지만 그저 하는 말일 뿐 그렇다고 서현이 얘기를 멈출 것 같지는 않았다. 연 교수는 근래 친구들과의 교류도 없었는지, 손주 자랑 값이 3만 원으로 오른 것도 모르는 모양이었다.

"참 잘 컸네요. 엄마아빠 곁에 있으니 표정도 훨씬 밝아진 것 같고요."

재경이 연 교수에게 핸드폰을 돌려주며 말했다. 연 교수는 흡족한 표정을 지으며 다시 핸드폰의 사진첩으로 눈길을 놀렸다.

재경이 서현이를 돌본 건 생후 6개월 때부터 다섯 살까지, 4년 남짓한 기간이었다. 서현이 엄마아빠가 가을 학기에 맞춰 미국으로 들어갈 준비를 하고 있을 때, 공부에만 전념하라며 연 교수가 서현이를 키워주기로 하면서부터였다. 연 교수는 재경에게 딸을 키워보셨으니 얼마나 잘 키워주시겠냐며 흡족해했다. 재경은 처음엔 서현이만 돌보다 연 교수의 제안에 집

안일까지 도맡아 하게 되었다. 연 교수와 재경의 손에서 자란 서현이는 다섯 살 생일 무렵 부모를 따라 미국으로 들어갔다.

"서현이가 거기서 피아노를 잘 친다고 하더라고요."

연 교수가 새로운 소식을 전해주듯 말했다. 피아노라는 말에 재경은 딸꾹질을 하듯 몸이 움찔했다.

"뭐, 제 엄마 말로는 재능이 있다나? 더 빨리 데려다 가르칠 걸 그랬나 하더라고."

연 교수의 입가에는 연신 웃음이 묻어났다. 하지만 재경은 무안한 말을 듣기라도 한 것처럼 얼굴이 화끈거렸다. 재경은 연 교수의 눈을 마주보지 않았다.

"애들은 엄마아빠 손에 커야 좋은 거 같아요."

"무슨, 걔네들이 뭐 한 게 있어. 둔촌동 아줌마가 다 키워놓은 거 데려간 거지."

"제가 뭘 한 게 있다고요."

재경은 얼굴을 붉히며 말했다. 연 교수가 재경의 공을 들먹이며 인사를 차렸지만 듣기 편한 말은 아니었다. 재경은 식사도 마쳤으니 이제 그만 집으로 돌아가고 싶었다. 점심 한 끼를 같이 먹었을 뿐인데, 사역을 한 듯 온몸이 뻐근했다. 집으로 가는 길엔 정형외과에 들러 무릎에 물리치료를 받을 생각이었다.

"무슨 소리예요? 이만큼 잘 큰 게 다 아줌마 덕이지. 아줌마가 우리 서현이 다 자랄 때까지 오래오래 지켜봐줘야지."

연 교수는 재경을 나무라듯 한쪽으로 눈을 흘겼다. 연 교수의 눈썹이 언뜻 꿈틀하고 움직인 것도 같았다. 다 자 랄 때 까 지 오 래 오 래. 재경은 연 교수의 말들이 한 자 한 자 가슴으로 쿡 들어와 박히는 것을 느꼈다.

연 교수가 포만감에 젖은 얼굴로 가슴에 둘렀던 냅킨을 벗어 식탁 위로 내려놓았다. 연 교수가 집에 가려는 포즈를 취하자 재경은 마음이 한결 놓였다. 재경도 슬슬 가방을 챙기려는데, 연 교수가 새로운 놀잇감을 발견한 아이처럼 눈빛을 빛내며 물었다.

"저 혹시, 우리 집에 가서 차 한잔하고 갈래요?"

"네?"

"거절하지 말아요. 내가 아줌마 주려고 뭐 좀 싸놓은 게 있었는데 깜박했지 뭐예요."

"아……."

재경은 승낙도 거절도 아닌 애매한 상태로 머뭇거렸다. 재경은 그런 자신에게 화가 났지만 빠져나갈 적당한 구실을 찾지 못했다.

"갑시다. 내가 얼마나 오늘을 기다렸는데."

연 교수는 재경의 머뭇거림을 승낙으로 알았는지 코트를 집어 들고 앞장서 나갔다. 재경은 아랫입술을 물었다가 한숨을 작게 내쉬었다. 체념한 표정으로 바닥에 놓인 시폰케이크 상자를 들고 연 교수의 뒤를 따라나섰다.

*

재경과 연 교수는 식당을 나와 건너편 아파트 단지 쪽으로 건너갔다. 지은 지 30년이 넘은 아파트는 갈라진 벽 틈새마다 진회색의 페인트가 칠해져 있어 우중충해 보였다. 아파트 단지를 둘러싸고 있는 건 누렇게 마른 나뭇잎을 달고 서 있는 플라타너스 나무들이었다. 한낮이라 해도 코끝에 와 닿는 바람에는 겨울 끝자락의 한기가 남아 있었다. 재경은 애써 고개를 바로 하고 앞만 보고 걸었다. 이 또한 지나가리라는 해묵은 격언까지 떠올리며 이 시간이 빨리 지나가기를 바랐다.

요 며칠 무리를 한 탓인지 재경은 자꾸만 걸음이 느려졌다. 건강만큼은 자부했던 몸이지만 오십 중반을 넘어서부터는 허리와 무릎이 삐걱거리며 신호가 왔다. 삼사십 대 젊은 축과 보조를 맞추려면 무리를 해서라도 속도를 낼 수밖에 없었고, 속도를 내자니 허술하게 지나치는 부분이 생겼다. 아무리 문질러 닦아도 지워지지 않는 얼룩이 있었다. "한재경 씨. 나이가 있으시면 그만큼 요령도 있어야 하는 거 아니에요? 눈치가 없는 건지, 짬밥이 없는 건지 원……." 동작을 빠르게 해도 느리게 해도 언제나 작업반장의 화살이 날아왔다. 나이에 비해 허리가 꼿꼿한 연 교수는 커다란 숄더백을 어깨에 메고도 걸음에 흐트러짐이 없었다.

"내가 어렸을 때는 말이에요. 행랑채에 있는 어멈이 나를 업어서 학교에 데려다주곤 했어요."

연 교수는 고개를 뻣뻣이 들고 걸어가면서 말했다. 그 모습이 마치 사극 드라마에서 아랫사람을 대동한 채 산보를 나온 양반가문의 여주인 같았다.

"그땐 바느질하는 침모도 있었고, 나를 키워준 유모도 있었는데."

충남 공주의 부잣집 외동딸이었다던 그녀는 자신의 황금기를 추억하듯 시선을 먼 곳에 두고 중얼거렸다. 어린 시절을 들먹일 때 연 교수의 얼굴은 서현이 얘기를 할 때만큼이나 빛났다.

"우리 집에 정기적으로 생선이며 젓갈 같은 것들을 항아리에 이고 와서 팔던 아줌마가 있었어요. 아줌마가 온 날은 비린 것을 먹는 날이었지. 내가 기차로 통학할 때, 어느 날인가

기차 안에서 그 아줌마를 본 거야. 반가움에 아줌마! 하고 소리쳤는데, 글쎄 아줌마가 어쩔 줄 몰라 하며 나를 외면하더라고요. 신분 차이 나는 아랫사람들이 주인집 어른들을 보고 그러는 것처럼. 몸 둘 바를 몰라 하면서 고개를 숙이고 자리를 피하지 뭐예요. 나는 반가워서 그런 건데……."

연 교수는 같은 노선을 달리는 전차처럼 재경이 이미 수차례 들었던 얘기를 처음 하듯 상기된 목소리로 말했다.

아파트 담장 울타리를 따라 걸어갈 때 햇볕은 머리 위에 있었다. 한낮의 따스한 열기가 두 사람의 몸을 고루 비춰주고 있었지만 재경은 어깨와 무릎이 시렸다. 플라타너스 나무의 마른 잎들이 누렇게 뜬 채로 나무에 매달려 불안하게 떨고 있었다. 걸은 지 10분이 지났을 무렵, 연 교수가 우뚝 걸음을 멈췄다.

"아무래도 안 되겠어. 화장실에 가야겠는데……."

연 교수가 배를 웅크리며 괴로운 표정을 지었다.

재경은 주변을 둘러보았지만 길 한가운데 화장실이 있을 리 없었다. 식당으로 돌아가기에는 이미 많이 걸어왔고, 저 앞 아파트 상가 화장실까지도 200미터는 더 가야 했다. 연 교수가 다급하게 종종거리다 이내 울타리 샛길 어디론가 휑하니 사라졌다. 재경은 연 교수가 아파트 단지 안 울타리 아래에서 볼일을 보는 건 아닐까, 제자리에 서서 잠시 기다렸다. 그러다 망이라도 봐줘야겠다는 생각에 따라 들어갔다. 하지만 울타리 안 어디에도 연 교수의 모습은 보이지 않았다.

낡은 아파트 건물들이 줄지어 선 단지 안은 스산했다. 인적은 보이지 않고 빈집을 지키는 충견처럼 무심히 서 있는 고목들만 가득했다. 낡은 나무벤치 위로 마른 낙엽들이 떨어져 구르고, 햇살을 머금은 겨울바람이 그 낙엽들을 간간이 흔들고 있었다. 나무벤치들 너머로 놀이터가 보였다. 날이 추워서인지 아이들이라고는 하나도 보이지 않았다. 노후된 아파트 건물들에 비해 놀이터의 기구들은 얼마 전 교체가 됐는지 모두가 새것 같았다. 빨갛고 노란 색깔의 미끄럼틀과 코끼리 모형의 스프링점프, 밧줄을 타고 기어오르게 만든 나무 벽. 초록색 의자가 달린 그네가 자주색 우레탄 바닥 위로 띄엄띄엄 놓여 있었다. 스텐 재질의 시소 끝에 달려있는 빨간색 의자가 햇볕에 반사돼 주변을 환하게 물들이는 것처럼 보였다. 재경은 무언가에 이끌리듯 시소 앞까지 갔다가 그 자리에 우뚝 멈춰서고 말았다.


"아줌마, 거기서 뭐 해요? 불러도 대답도 않고."
"네?"

어느새 연 교수가 재경의 등 뒤에 다가와 서 있었다. 재경은 갑자기 유령이라도 본 듯 소스라치게 놀랐다.

"저기 노인정 화장실에서 일보고 나오는데, 아는 사람을 만나서 잠깐 얘기를 한다는 게 그만……."

"아, 네……."

재경은 놀란 가슴이 진정되질 않아 말끝을 흐렸다.

"하마터면 옷에 실례를 할 뻔했지 뭐에요. 이게 늙는 거지 뭐야. 그래서 요즘은 어딜 가나 화장실 가까운 데만 찾는다니까."

연 교수의 말에 재경은 애써 웃어 보였다. 연 교수는 이제 아무 일도 없다는 듯 편안한 표정으로 다시 앞장서 걸어갔다. 재경은 친구들과 놀다 부모 손에 억지로 끌려가는 아이처럼 놀이터에서 시선을 떼지 못했다. 왜 몰랐을까. 이곳이 바로 그 일이 일어났던 곳이라는 것을. 재경은 자신의 둔함을 책망하며 눈을 질끈 감았다 떴다.

연 교수를 따라 아파트를 빠져나가니 바로 건널목이었다. 연 교수가 사는 빌라형 아파트가 길 건너로 빤히 보였다. 잊고 지냈던 익숙한 풍경들이 하나둘씩 선명하게 보이기 시작했다. 연 교수가 앞서 걷다가 돌아서서 재경을 향해 어서 오라고 손짓을 했다. 연 교수의 얼굴이 햇살을 받아 창백하리만치 하얗게 빛났다. 재경은 섬뜩한 느낌에 몸을 떨었다. 연 교수가 화장실을 핑계로 사라졌다 나타난 건 그녀를 이 장소에 오게 할 구실이었을까. 식당에서부터 줄곧 그녀를 짓누르던 압박감의 정체가 이제야 드러난 것만 같았다. 재경은 연 교수의 뒷모습을 바라보다 발걸음을 떼었다. 발이 허공을 딛듯 아무런 감각이 없었다. "아와!" 그때 누군가 그녀를 부르는 것 같은 새된 소리가 들려왔다. 재경은 앞으로 고꾸라질 뻔하다 간신히 바로 섰다.

그날은 아침부터 15도를 웃도는 완연한 봄날이었다. 며칠째 미세먼지로 가득했던 하늘을 간밤의 비가 모처럼 거둬간 날이기도 했다. 연 교수는 텔레비전을 보며 늦은 아침을 먹고 있었다. 네 살이 되면서부터 활동량이 늘어난 서현이는 아침을 먹자마자 놀이터에 나가자고 졸랐다. 재경은 간식과 물을 싸가지고 놀이터로 향했다. 서현이는 단지 내 놀이터의 기구들을 한 차례씩 타고 나자, 길 건너 30년 된 아파트 단지의 놀이터에 가자고 떼를 썼다. 놀이터는 낡았지만 아이들이 없어 그네며 미끄럼틀을 순번 없이 계속해서 탈 수 있기 때문이었다. 운이 좋으면 오래된 유실수나 고목 틈새에서 때 이른 매미허물이나 호랑거미의 거미줄도 볼 수 있었다.

재경은 서현이와 건널목을 건너 오래된 놀이터에 도착했다. 그네와 미끄럼틀을 몇 차례 탄 다음 그늘에 앉아 쉬었다. 물을 먹이고 땀을 닦아준 다음, 그만 집으로 돌아갈 참이었다. 서현이가 시소 앞으로 다시 걸어갔다. 시소의 양편을 왔다 갔다 하며 손으로 눌러대는 놀이를 혼자서 하기 시작했다. 어디선가 날아온 까만 제비나비가 서현이 머리 위를 맴돌고 따사로운 봄볕이 재경의 어깨를 따뜻하게 달구었다. 서현이가 시소를 누를 때마다 헐거워진 경첩에서 나는 듯 한 삐이익, 삐이익 소리가 간헐적으로 들려왔다. 나른한 봄볕의 무게를 이기지 못하고 재경이 살짝 졸았던가. 갑자기 서현이의 자지러지는 울음소리가 들렸다. 재경이 눈을 뜨고 정신을 차려보니 서현이가 피범벅이 된 두 손을 바르르 떨며 울고 있었다. 둘째손가락이 헐거워진 시소에 끼어 절단된 모양이었다. 잘려진 마디는 시소 아래 저만치 떨어져 있었다. 머리를 망치로 두드려 맞은 듯 정신이 아찔했다. 떨리는 손으로 아이의 손을 지혈하고 잘려진 손마디를 휴지에 주워 쌌다. 기절할 듯 울어 젖히는 아이를 품에 안고 119에 신고했다. 연이어 연 교수에게도 전화를 걸었다.

*

"편안히 앉아요."

연 교수는 집에 들어서자마자 외투를 벗어 거실 소파에 걸치면서 말했다. 낯익은 거실 풍경이 눈에 들어왔다. 텔레비전 옆에 놓여 있는 피아노와 은회색 소파, 베란다의 화초들도 예전 모습 그대로였다. 연 교수 혼자 살기에 60평형 아파트는 너무 휑해 보였다. 행거를 조립하다 말았는지 거실 한쪽이 어수선해 보였다. 재경은 주방 쪽 식탁의자로 가서 앉았다. 시폰케이크는 식탁 위에 올려놓았다. 긴장한 탓인지 손발이 후들후들 떨렸다. 연 교수는 편한 옷으로 갈아입고 나와 커피 내릴 준비를 했다. 재경은 애써 평온한 표정을 지으며 거실 쪽을 돌아보았다. 거실 창으로 환하게 햇볕이 들어오는데도 재경은 한기를 느꼈다.

"저 행거는 뭐예요?"

재경은 긴장한 태를 감추며 물었다.

"아, 저거. 자리만 차지해서 해체하려다 못하고 저렇게 서 있다우."

연 교수가 커피를 내리며 말했다.

"제가 한번 볼까요?"

재경은 아픈 무릎을 감싸 쥐었다 펴며 거실 쪽으로 갔다.

"나사가 어찌나 단단하게 조여 있던지 원." 연 교수는 재경이 행거에 관심을 보이자 반색하며 말했다. 조립한 지 오래된 행거는 나사를 조인 부분에 녹이 슬어 있어 힘을 좀 써야 할 것 같았다. "시간이 좀 걸리겠는데요." 재경은 겉옷을 벗고 옆에 있는 공구함에서 드라이버를 집어 들었다.

연 교수가 커피를 가져와 거실 탁자 위에 놓아주며 재경의 일하는 모습을 지켜보았다.

"그때가 좋았어. 아줌마가 매일 오고 서현이가 뛰어 놀고 하던 때 말이에요."

연 교수가 회상에 젖어 든 목소리로 말했다. 재경은 녹슨 나사를 푸느라 대답할 겨를이 없었다.

"지금 일하는 곳은 힘들지 않아요?" 연 교수가 물었다.

"네. 좋아요. 몸은 힘들어도 스트레스도 없고."

재경은 행거에 신경이 가 있어 대수롭지 않게 말했다. 연 교수가 어색하게 웃으며 고개를 끄덕인 것 같았다. 잠시 후에 보니 연 교수가 방으로 들어갔는지 보이지 않았다. 재경은 문득 연 교수가 자신의 말을 어떻게 받아들였을지 궁금했다. 오해는 하지 않았는지. 하지만 이내 행거 나사를 푸느라 다른 생각은 할 수 없었다. 재경이 아는 언니의 소개로 청소전문업체에 들어간 건 서현이 돌보는 일을 그만둔 직후였다. 언니는 주어진 시간 안에 팀원들과 같이 청소만 하고 오면 되는 일이라고 말했다. 사람을 상대하는 게 아니라, 얼룩과 때, 먼지만 제거하면 되는 단순한 일이라는 말에 바로 수락했다. 재경은 그녀 나이에 할 만한 일의 종류도 별로 없지만 사람을 돌보는 일만큼은 다시 하고 싶지 않았다.

서현이의 손가락 봉합수술은 성공적이었지만 수술 후 후유증은 재활 정도를 보면서 지켜봐야 했다. 미국에서 부모들이 들어왔고, 재경은 입이 열 개여도 할 말이 없었다. 보호를 소홀히 한 책임을 어떡하든 지겠다고 했지만 그들의 처분만 기다릴 뿐이었다. 그때 서현이 엄마아빠에게 더는 이유를 달지 말라며 재경을 보호해준 건 연 교수였다. 재경은 연 교수의 배려가 고마우면서도 갚을 수 없는 부채감을 느꼈다. 서현이 부모들은 아는 변호사를 통해 그 아파트 입주자대표회의와 관리업체를 상대로 손해배상을 청구했다. 서현이가 그 아파트 입주민이 아니었지만 법원은 아파트 측이 수술비 및 치료비의 일부와 위자료를 배상하도록 했다. 서현이의 입원과 재활, 치료기간 동안 재경은 무거운 죄책감 속에서 서현이를 돌보면서 지내야 했다. 재경은 차라리 자신이 아팠기를, 돈으로 깨끗이 보상할 수 있는 일이었기를 얼마나 바랐는지. 다행히 손가락은 잘 아물었고, 추후 일어날 장애 같은 건 없을 것 같다는 의사의 말을 듣고서야 치료가 마무리되었다. 서현이의 다섯 살 생일이 다가올 무렵, 서현이 엄마아빠는 서현이를 미국으로 데려가기로 결정했다. 서현이가 미국으로 가면서 재경도 일을 그만두고 싶었지만 그럴 수가 없었다. 몇 달 후 미국에 사는 연 교수의 친척이 얼마간 같이 살게 되었다는 말을 듣고서야 그만둘 수 있었다. 재경은 부디 서현이가 무탈하게 자라주기만을 빌고 또 빌었다.

재경은 행거를 모두 해체해 한쪽으로 정리한 다음 거실을 둘러보았다. 시계를 보니 세 시가 훌쩍 지나가 있었다. 허리가 결리고 무릎이 시큰거렸다.

"브라보! 젊은 사람은 뭐가 달라도 다르네."

돌아보니, 연 교수가 어느새 방에서 나와 해체가 끝난 행거를 보며 웃고 있었다. 그러고는 서현이가 그린 거라며 들고 나온 그림액자 하나를 재경 앞으로 내밀었다.

스케치북만 한 액자에는 'My family'라는 제목의 그림이 꽂혀 있었다. 서현이 엄마와 아빠, 할머니, 서현이가 차례로 그려져 있고, 서현이 옆에 재경을 닮은 여자가 서 있었다. 서현이의 손을 잡고서. 재경 밑에는 서툰 글씨로 '아와'라고 쓰여 있었다. 서현이는 아줌마를 발음하지 못해 재경을 '아와'

라고 불렀다. 연 교수가 아무리 고쳐주려 해도 잘 되지 않던 발음이었다. 마음에 조그만 물 동그라미가 파문을 일으키며 잔잔하게 번져갔다.

"서현이한테는 아줌마도 가족이야, 가족. 하긴, 가족이나 진배없지."

연 교수가 그렇게 말하며 웃었다. 그때 방 안에서 전화벨 소리가 울렸고 연 교수가 급히 방으로 들어갔다. 재경은 가만히 그림을 내려다보았다. 애잔하면서도 서글픈 감정들이 밀려왔다.

서현이는 또래 여자아이들과는 달리, 매미나 거미, 개미 같은 곤충들을 좋아했다. 모래 놀이터에 젤리 같은 단것들을 가지고 나와 굴을 파놓고 개미들을 기다리는가 하면, 거미줄에 달려 있는 거미의 움직임을 몇십 분씩 서서 구경했다. 여름이면 매미허물을 한 통 가득 모아 들고 집으로 가져와 연 교수를 기겁하게 만들기도 했다.

재경은 다 마신 커피 찻잔을 들고 싱크대로 갔다. 아침 설거지가 그대로 담겨 있었다. 그녀는 찻잔을 씻으며 얼마 되지 않는 아침 설거지거리도 같이 씻어놓았다. 싱크대 건너 창밖으로 서현이와 함께 걷던 화단 길과 놀이터, 나무 그늘이 보였다. 시간을 되돌려 몇 년 전으로 돌아와 선 느낌이었다. 저

화단 주위를 돌며 매미와 잠자리를 잡고 거미줄을 건드리며 놀곤 했었다. 언젠가 화단 가에 앉아 쉬고 있을 때, 서현이가 주섬주섬 들꽃들을 따 모아 재경에게 내밀며 수줍은 듯 말했다. "아와, 사랑해!" 재경은 뜻밖의 선물을 받고 기분이 달떠 물었다. "사랑? 사랑이 뭔데?" 그러자 서현이가 조금의 망설임도 없이 말했다. "사랑은 하트야!" 가슴이 그때처럼 아려왔다.

평소 사내아이처럼 개구지고 명랑하던 서현이도 방학 때 엄마가 미국에서 다녀간 즈음에는 엄마몸살을 앓았다. 엄마냄새가 배인 베개나 이불자락을 하루 종일 끌고 다니며 엄마를 찾았다. 즐겨 자던 낮잠도 마다하고 밥도 안 먹고 아무 데나 누워 칭얼거렸다. 재경이 서현이를 업어 재운 뒤 살며시 침대에 뉘일 때면 서현이는 손을 뻗어 젖가슴을 더듬어오곤 했다. 재경은 그 손길을 뿌리치지 못하고 가만히 가슴을 내주었다. 품에 안겨 잠든 서현이의 젖은 눈가를 볼 때면 애잔함과 측은함이 밀려왔다. 재경은 잠시 그때 생각에 젖어 있다 연 교수가 있는 방 쪽을 향해 큰 소리로 물었다.

"교수님, 집에 멸치 있어요? 꽈리고추 하고, 온 김에 제가 볶아드릴게요."

연 교수가 반색하는 얼굴로 방에서 나왔다.

"있기야 있지만, 또 뭘 하려고……."

연 교수는 그러면서도 못 이기는 척 냉장고를 열어 멸치를 찾기 시작했다. 냉장고 안은 꽉 들어찬 물건들에 불빛이 가려져 있어 캄캄하기까지 했다. 오래돼 물러터진 채소며 사놓기만 하고 조리하지 않은 식재료들이 금방이라도 앞으로 쏟아질 것만 같았다. "아줌마가 며칠째 무단결석이라……." 연 교수는 변명처럼 한마디를 흘려놓곤 어쩔 줄 모르고 서 있었다. 재경은 연 교수에게 들어가 쉬시라고 하곤 냉장고 앞에서 한숨을 내쉬었다. 그저 멸치조림이나 해줄 생각이었는데, 막상 말을 내뱉고 보니 그것만 할 수도 없었다. 재경은 버릴 건 버리고 다듬어놓을 건 다듬어놓고, 있는 재료들로 반찬을 만들기 시작했다.

멸치를 볶아놓고 두부조림을 하고 있을 때, 연 교수가 나와 맛을 보면서 흡족한 표정을 지었다.

"그래. 이 맛이야. 아줌마 반찬엔 게미가 있어. 게미가!"

연 교수가 입맛을 다시며 웃었다. 재경은 그녀가 만든 음식들에 감칠맛이 있어 자꾸 손이 간다며 연 교수가 처음으로 '게미'란 말을 했던 때가 떠올라 덩달아 웃음이 났다. 그때 다시 전화가 걸려왔고 연 교수는 오늘이 무슨 장날이냐며 서둘러 방으로 들어갔다. 재경은 나물 두 가지를 더 무치고 소고

기뭇국을 끓여놓은 다음 일을 마쳤다. 허리가 당겨오고 무릎이 시큰거렸다.

"이러려고 온 게 아닌데."

재경은 자신이 한 일들을 둘러보곤 씁쓸하게 웃었다. 네 가지 반찬과 소고기뭇국이 가지런히 싱크대 위에 놓였다. 그러면서도 못 다한 일이 있나 둘러보는 자신의 모습이라니. 하지만 재경의 마음은 차라리 평온했다. 서현이에 대한 그리움과 미안함. 설사 연 교수가 그것을 빌미로 자신을 불렀다 해도 지난 시간들에 대한 그녀의 소회는 사죄하고픈 마음, 그 하나뿐이었다.

싱크대 위에 씻어놓은 그릇들의 물기가 눈에 거슬렸다. 재경은 이 일까지 깨끗이 끝내놓고 싶었다. 예전에 연 교수는 그럴 필요까지 없다 했지만, 설거지 후 마른행주로 그릇을 닦아두는 재경의 습관을 좋아했다. 재경은 그걸 기억해내곤 마른 행주를 넣어두는 싱크대 맨 아래 서랍을 열었다. 맨 위의 마른 행주 한 장을 꺼내드는 순간, 재경은 갑각류의 뾰족한 뿔에 손가락을 찔리기라도 한 듯 화들짝 놀라 엉덩방아를 찧고 말았다. 마른 행주 사이로 은빛 브로치 하나가 반짝하고 차가운 빛을 내뿜고 있었다. 재경은 뜨거운 돌을 삼키기라도 한 듯 입을 벌린 채 꼼짝도 할 수 없었다. 아니, 이게 왜 여기에? 재경은 연 교수의 의도를 알아차릴 수가 없어 멍한 채로 잠시 앉아 있었다. 아니야. 설마, 우연이겠지. 고개를 흔들며 생각을 돌려보려 했지만 떨리는 가슴은 좀처럼 진정이 되질 않았다. 지난 몇 시간 동안 자신이 한 행위 모두를 지워버리고픈 생각마저 들었다. 재경은 안방 쪽을 얼른 건너다보곤 브로치를 제자리에 돌려놓았다.

서현이가 엄마아빠를 따라 미국으로 들어간 후에도 재경은 연 교수의 집안일을 계속 봐주었다. 그만두고 싶었지만 서현이에 대한 미안함과 부채감으로 먼저 말을 꺼내기가 어려웠다. 재경은 우연으로라도 팔과 다리가 부러져 일을 그만둘 수 있기를 바란 적도 있었지만 그런 일은 좀처럼 일어나지 않았다.

일을 그만두게 된 건 뜻하지 않은 작은 소동 때문이었다. 연 교수의 방을 청소하다 화장대 위의 브로치를 잠시 앞치마 주머니에 넣어두게 되었다. 먼지를 털고 물걸레로 닦은 후에 올려놓을 참이었는데, 때마침 걸려온 전화를 받고 배달 온 택배를 받느라 잠시 깜박했다. 퇴근한 후에야 세탁하려고 가져온 앞치마에 브로치가 있는 걸 알게 됐다. 전화로 설명하기도 뭣해 다음 날 연 교수 모르게 제자리에 돌려놓을 생각이었다. 출근하자마자 연 교수가 브로치의 행방을 물어왔다. 재경이 당황해 모른다고 하자 의심의 눈길로 재차 반복해 물었다. 서현이가 다쳤을 때도 재경을 보호해주었던 연 교수였는데, 브로치가 뭐라고 이렇게까지 다그치나 싶었다. 재경은 자신의 실수가 분명한데도 말할 타이밍을 놓치고 연 교수의 의심을 받게 되자 어느 순간 서운한 마음이 들었다. 재경은 연 교수가 외출한 사이, 가져온 브로치를 연 교수가 가끔 입곤 하던 카디건 주머니에 넣어두었다. 그리고 몇 주일이 지났다. 연 교수가 미국에 사는 친척이 들어와 당분간 머물 예정이라며 재경에게 그만 나오라는 통보를 해왔다. 서로가 겉으로는 아쉬움을 표했지만, 재경은 비로소 형벌의 시간이 끝난 것에 감사하며 연 교수의 집을 떠났다.

  창문가로 어둠이 들어차고 있었다. 재경은 거실 창 너머로 어두워진 하늘을 보았다. 연 교수는 주방으로 나와 두어 번 반찬 맛도 보더니, 이젠 잠이라도 든 모양이었다. 재경은 물에 젖은 손을 닦고 윗도리를 걸쳐 입었다. 떨리는 심장소리가 좀처럼 멈추질 않았다. 하지만 이제야 모든 것이 끝났다는 생각이 들기도 했다. 머릿속이 다시 한번 아득해지는 기분이었다. 재경은 연 교수가 나오기를 기다렸다. 마치 일을 끝내고 집으로 돌아가던 옛날의 어느 날처럼 느껴졌다. 재경은 자신의 손가방을 집어 들고 크게 한 번 호흡을 가다듬었다.

"교수님, 저, 이제 그만 가보려고요."

재경은 안방 쪽을 향해 큰 소리로 말했다. 잠시 후 연 교수가 비틀거리며 걸어 나왔다. 누워 있었는지 머리 한쪽이 눌려 있고 옷매무새가 흐트러져 있었다.

"깜박 잠이 들었지 뭐예요."

연 교수는 점심에 만났을 때보다 얼굴빛이 창백하고 나이가 들어 보였다. 그녀는 두 손으로 머리를 매만지다가 "아, 내 정신 좀 봐. 줄 게 있다고 해놓고." 하며 다시 들어가 커다란 종이가방 하나를 들고 나왔다.

"이거 내가 옛날에 백화점에서 비싸게 주고 산 알파카 코튼데, 아끼다가 몇 번 안 입은 거예요. 아줌마한테 잘 맞을 거야. 다른 옷도 몇 개 더 넣었고."

"아, 아, 아니에요." 재경은 두 손을 흔들어 사양했다.

"아끼면 뭐하겠어. 내가 이제 살면 얼마나 산다고."

연 교수는 재경의 의견 같은 건 묻지도 않고 극구 재경의 손에 종이가방을 안겼다. 재경은 연 교수의 강권에 못 이겨 마지못해 종이가방을 받았다.

"딸이 첫 월급으로 사준 것도 있는데……."

재경은 자신도 모르게 거짓말이 튀어나왔다.

"잘 됐네, 그럼. 교대로 입으면 되겠네." 연 교수가 바로 말을 받았다.

연 교수가 재경을 물끄러미 바라보다 무슨 말인가를 하려는 듯 머뭇거렸다.

"저기……."

연 교수가 옆구리에 손을 얹으며 입술을 달싹거렸다.

"무슨 하실 말씀이라도……."

"저기……. 우리, 좀 자주 보자고. 꼭 서현이 때문이 아니더라도 가끔 만나 점심도 먹고 그러자고요."

"아, 네……."

재경은 연 교수를 쳐다보며 말끝을 흐렸다.

연 교수가 현관 신발 신는 곳까지 재경을 따라 나왔다. 연 교수 역시 긴 하루를 보낸 피로감이 얼굴에 묻어 있었다. 재경은 신발을 신으면서 흘러내린 앞머리를 귀 뒤로 쓸어 넘겼다. 재경이 인사하자 연 교수도 고개를 끄덕이며 미소를 지었다. 현관 등이 어두워서 인지 연 교수의 얼굴은 조금 우는 듯한 표정으로 보였다.

\*

밖으로 나오니 차가운 밤바람이 얼굴로 훅 끼쳐들었다. 어두운 시야 속으로 나무 그림자가 군무를 추듯 어슴푸레 들어찼다. 재경은 목도리를 고쳐 메고 잠시 컴컴한 밤을 응시하다 버스정류장으로 향했다. 무릎이 시큰거리고 눈꺼풀이 무겁게 내려앉았다. 재경은 조금 전 연 교수에게 왜 그런 거짓말을 했는지, 자신의 이해할 수 없는 행동에 스스로도 놀랐다. 그리고 그녀가 사간 시폰케이크에 대해 연 교수가 고맙다는 말조차 하지 않았다는 생각에 이르자 재경은 자신의 쪼잔함에 진저리를 쳤다.

멀리 빌딩숲에서 퍼져 오는 현란한 불빛들이 밤하늘에 어룽대고 있었다. 버스정류장 의자에 앉아 그 불빛들을 보고 있으려니, 어느 해 여름인가 서현이와 연 교수와 함께 놀이터 나무 그늘에서 비눗방울 놀이를 하던 때가 떠올랐다. 재경이 조그만 대롱으로 비누거품을 묻혀 바람을 후, 하고 불면 무지갯빛 방울들이 공중으로 피어오르고, 서현이는 흥분해서 비눗방울을 잡으려 사방으로 뛰어다녔다. 서현이가 두 손으로 비눗방울을 잡으려 하면 비눗방울은 금세 공중으로 사라져버렸다. 서현이가 연실 "아와! 아와!" 재경을 부르며 비눗방울을 잡아달라 소리쳤다. 방울방울 꽃망울을 피어 올리듯 하늘로 날아오르는 비눗방울은 햇볕을 받아 더 영롱하게 빛났다. 재경의 마음도 덩달아 하늘 위로 가볍게 날아올랐다. 연 교수는 비눗방울을 찾아 뛰어 노는 서현이를 멀찍이 서서 지켜보다 빙그레 웃으며 말했다. "웃기지. 서현이가 아와, 아와, 하면서 아줌마를 부르는데, '아와'가 실은 일본말로 '비눗방울, 비누 거품'이라는 뜻이거든." 그 말을 듣는 순간, 재경은 설핏 서 글픔을 느꼈던가. 자신이 흔적도 없이 사라질 비눗방울 같은 존재인 것만 같아서.

재경은 얼굴로 불어오는 찬바람을 들이마시며 깊은 숨을 내쉬었다. 웬일인지 그녀 가슴 한쪽에 간직하고 있던 아름다 운 풍경 하나가 밤하늘의 불빛 속으로 영영 사라진 것 같은 쓸쓸함이 밀려왔다.

어둡고 찬 대기를 가르며 버스가 오는 것이 보였다. 재경 은 옆에 놓아둔 종이가방에 눈길이 닿자 무슨 결심이 선 듯 그것을 번쩍 들어올렸다. 한걸음에 정류장 뒤편 어두운 풀숲 으로 가서 나무 사이에 그것을 던져놓았다. 그러곤 집에 가는 버스에 훌쩍 올라 빈자리에 엉덩이를 붙이고 앉았다. 수년 전 어느 날의 퇴근길처럼 온몸이 무너져 내리듯 졸음이 몰려왔 다. 재경은 울려오는 주머니 속의 진동을 느끼고 핸드폰을 꺼 내들었다. 내일 작업이 취소됐다는 작업반장의 문자였다. 정 말로 작업이 취소가 된 건지, 그녀만 작업에서 뺀 건지 알 수 없었다. 근래 들어 작업취소가 잦았지만 코로나 때문이라는 작업반장의 말을 믿을 뿐이었다. 재경은 무거워진 눈을 감고 잠을 청하기 위해 머리를 창가로 기댔다. 그녀의 굽은 어깨 위로 버스천장의 희미한 불빛이 먼지처럼 내려앉고 있었다.

망치

노파는 어젯밤 늦게 손자의 원룸에 도착했다. 손자가 들어오는 것을 보고 자정이 넘어 잠이 들었지만 새벽 일찍 눈을 떴다. 열 평 남짓한 원룸에는 희뿌연 새벽빛이 간밤에 들어찬 어둠을 몰아내고 있었다. 노파는 한쪽 벽면에 엉성하게 서 있는 원룸 안의 또 다른 작은 방을 보고 한숨을 내쉬었다. 원룸의 계약만료일이 4일 앞인 데다, 그 안에 저 작은 방을 철거해 원래대로 해놓으려면 아침 일찍부터 서둘러야만 했기 때문이다. 손자가 도와줘야만 가능한 일이었다. 그런데도 스물둘이나 된 손자는 노파가 온 것에 감사는커녕 불청객이 오기라도 한 듯 툴툴거렸다. 손자는 희멀건 얼굴을 베개에 파묻은 채 곤히 자고 있었다. 노파는 조급한 마음에 부아가 치밀어 자고 있는 손자의 등짝을 매몰차게 후려쳤다.

"이눔아! 시방 몇 신데 아직도 퍼질러 자? 할무니 배고파 죽겄어."

"아. 왜 때려요? 아프게!"

손자는 엎드려 자던 자세 그대로 고개만 돌려 볼멘소리를 내질렀다. 언제부터 쥐고 있던 것인지 종이뭉치가 그의 주먹 안에 쥐어 있었다. 그는 인상을 찌푸리며 불길한 물건이라도 되듯 그것을 구석으로 던져버렸다. 그의 입영통지서였다.

노파는 밥상을 들고 와 방 한가운데 내려놓았다. 엉덩이를 감싸고 있는 기하학적 무늬의 몸뻬는 그녀의 전체 실루엣의 반 이상을 차지했다. 깡마르고 작은 몸집이지만 등허리가 굽어진 이후로 노파의 엉덩이는 상대적으로 비대해 보였다.

손자의 원룸은 이사를 앞두고 있어 무척이나 혼잡스러웠다. 행거에 켜켜이 걸린 옷들이며 컴퓨터 책상에 쌓인 빈 음료수병과 과자봉지들, 크고 작은 박스들이 방구석부터 현관 입구까지 늘어서 있었다.

노파는 자고 있는 손자를 다시 깨워 일으켰다. 일 년이 넘도록 연락이 끊긴 아들 때문에라도 손자를 채근할 수밖에 없었다. 손자는 노파의 매서운 손찌검엔 일찌감치 단련이 된 듯, 입으로는 구시렁거리면서도 게슴츠레한 눈으로 일어나 밥상 앞에 앉았다. 밥상 위에는 뚜껑만 열어젖힌 반찬통 세 개와 어젯밤 먹던 된장찌개가 전부였다.

"고기는?"

"읍써, 이놈아. 돈도 못 버는 것이 맨날 고기 타령은."

노파는 눈을 부라리며 숟가락을 밥 속으로 찔러 넣었다.

"그럼 여기 왜 왔어? 고기반찬도 안 해줄 거면."

손자는 마지못해 숟가락을 들며 입술을 삐쭉 내밀었다.

"이것 부술라고 왔지!"

노파는 들고 있던 숟가락으로 합판 벽을 퉁, 하고 쳤다. 그것은 임시보호소만큼이나 허술하게 지어놓은 원룸 안의 작은 방이었다. 움막도 아닌 것이 판자 집처럼 엉성했다. 말하자면 그것은 방음 용도로 지어놓은 손자의 노래연습실이었다. 방음실은 원룸의 반이나 차지하고 있었다.

"니 애비는 뭣 한다고 이딴 것을 지어갖고 사람을 못살게 군다니?"

노파는 일주일 앞으로 다가온 손자의 군 입대 따윈 안중에도 없었다. 오로지 이 문젯거리를 처리할 일만 생각했다.

"이걸 어떻게 할머니가 부순다고 그래?"

"그럼 니가 하련?"

노파의 물음에 손자는 가늘고 긴 손가락을 휘저으며 고개까지 흔들었다.

"니 지금 몇 살이고?"

"스물두 살."

노파는 마뜩찮다는 표정으로 손자를 쳐다보곤 꾹 눌러 뜬 밥알을 입안으로 밀어 넣었다. 바스라질듯 가늘고 짧은 파머머리, 잔주름이 가득한 입가엔 옹골찬 기운이 서려 있었다. 손자는 노파의 손가락 마디마디 불거진 관절과 갈라진 손톱을 보고 조금 전 안 좋은 꿈속의 장면이 떠오르기라도 한 듯 머리를 세차게 내저었다. 그리고 숟가락을 들다말고 물었다.

"근데, 할머니 기운은 어디서 나와?"

노파는 들은 척도 않고 밥알을 싹싹 긁어 먹고 그릇을 비웠다. 비운 밥공기에 물을 부어 우글우글 입안을 헹구어 마신 뒤 들고 있던 수저를 놓았다. 노파의 군더더기 없는 식사 과정을 멍하니 보고 있던 손자는 노파를 향해 다시 물었다.

"할머니 힘은 어디서 나오냐고? 나 옛날부터 그게 궁금했다니까."

노파는 칠십이 훌쩍 넘은 나이로 젊은 축들도 꺼려 하는 공사판의 시멘트 바닥 청소를 다니는 몸이었다. 손자의 실없는 질문 따윈 안중에도 없었다.

"밥 먹을겨, 안 먹을겨?"

"안 먹어. 입맛 없어."

"내 그럴 줄 알았다. 저리 비켜! 치우게."

노파는 재빠르게 상을 치우고 색 바랜 검정색 배낭을 끌어당겼다.

"어, 이 배낭!"

손자는 자신이 중학교 때 들고 다니던 책가방을 금세 알아보았다. 가방 귀퉁이에는 유명회사 로고가 아직도 희미하게 남아 있었다. 손자가 용케도 가방을 알아보자, 노파는 손자와 악다구니를 하던 수년 전의 일들이 설핏 떠올랐다 사라졌다. 밭일을 다니며 손자를 먹이고 입히는 것만으로도 벅차던 때, 손자는 옷 한 벌 값도 넘는 저 가방이 갖고 싶어 열흘이나 노파를 졸랐었다.

노파는 배낭에서 허름한 작업복을 꺼내 입고 얼굴 전체를 가리는 모자를 둘러썼다. 스물둘이면 밥값을 해도 남을 나이건만 베짱이 조상이 있었던가. 가수가 되겠다고 3년째 대학시험에 헛물만 켜고 있는 손자를 노파는 이해할 수 없었다. 손자는 스마트폰만 만지작거리며 한껏 게으름을 피워대고 있었다.

"이거 정말 할머니가 부술 거야?"

"부숴야지 그럼. 돈 육십만 원이 뉘 집 개 이름이여?"

용역업체 직원은 어설픈 방음실을 철거하고 수거해가는 데 60만 원을 불렀다.

"부수는 건 부수는 거고, 그럼 그 쓰레기는?"

"조각조각 잘라서 쓰레기봉투에 담아버려야지."

"와우!"

손자는 입을 딱 벌리고 놀란 표정을 지었다.

"그럼 어쩔 거여. 여기 보증금도 다 까먹었다믄서."

손자는 틈틈이 아르바이트로 제 용돈은 벌어 썼지만, 아버지와의 연락 두절로 월세를 내지 못한 걸 노파도 알고 있었다.

"그래도 할머니가 무슨 힘으로 이걸 부순다고 그래?"

손자가 내처 물었다.

"할머니가 그렇게 힘이 세?"

"힘으로 하냐? 악으로 하지!" 노파가 냅다 소리를 질렀다.

"악? 악이라고?"

"그래, 악!"

"악? 무슨 악? 음악?"

노파는 손자를 쏘아보고 어디든 후려칠 기세였다.

"잔말 말고 쓰레기봉투나 대 자로 몇 장 사 와!"

"돈 줘."

손자는 용수철 튕기듯 바로 일어섰다.

"넌 어떻게 그만한 돈도 없냐?"

"노래하는 새가 무슨 돈이 있다고, 할머닌⋯⋯."

손자는 헤벌쭉 웃어 보이며 손을 내밀었다. 노파는 혀를 차며 몸빼 주머니에서 만 원짜리 세 장을 꺼내 주었다. 손자는 돈을 받자마자 한달음에 밖으로 뛰쳐나갔다.


노파는 손자가 나간 사이 부지런히 짐을 싸기 시작했다. 3일 내로 방을 원래대로 돌려놓으려니 마음이 급했다. 버릴 것은 버리고 시골집으로 부칠 것만 간단하게 챙기면 될 듯싶었다. 노파는 먼저 행거에 걸린 옷들과 이불을 한쪽으로 개켜 비닐과 보자기로 덮어놓았다. 컴퓨터가 놓인 책상 위의 잡다한 물건들은 손을 댈 수가 없어 그대로 두었다. 손자가 쓰레기봉투를 사오면 알아서 챙기고 버릴 것이다. 싱크대에 올려놓은 반찬통은 굴러다니는 신문지로 덮어두었다.

"뭘 땜에 이놈의 것은 지어갖고⋯⋯."

노파는 끙 소리를 내며 자리에서 일어섰다.

방음실은 원룸 한쪽 벽을 기준으로 삼아 나머지 세 면에 합판을 세우고 지붕을 씌운 작은 방이었다. 양옥집 한 채를

세로로 반만큼 잘라 세워놓은 형태였다. 노파는 문을 열고 안으로 들어가 보았다. 방음실은 성인 한 명이 간신히 누울 수 있을 만큼 좁고 길었다. 디지털 피아노와 기타, 의자와 헤드폰, 악보 같은 것들이 어지럽게 흩어져 있었다. 문을 닫으니 제법 아늑했다. 노파는 동굴 속에 들어온 듯 묘한 기분이 들어 아, 아, 하고 소리를 내보았다. 동네 이장이 안내방송을 위해 마이크를 시험할 때 내던 그런 소리였다.

"이게 무슨 노래방이여. 방음이나 제대로 될랑가?" 노파는 목을 한 번 가다듬고 노래 한 소절을 뽑아보았다.

헤에 이일 수 어 없이 수많은 밤을
내 가슴 도려내는 아픔에 겨워

소리는 어둡고 작은 공간을 채우는가 싶더니 공중으로 퍼져나갔다. 노파는 고개와 어깨까지 흔들며 노래를 부르다 흥이 나질 않아 노래를 뚝 멈췄다. 조잡하고 비좁은 방음실에 어색한 침묵이 감돌았다. 노파는 방음실 안을 휘익 둘러보았다. 디지털 피아노 위에는 손자가 쓰다 던져놓은 듯한 악보가 아무렇게나 흩어져 있었다. 노파는 방음실 문을 열어 놓고 땅에 떨어진 악보 한 장을 주워 들었다.

똑같은 일을 반복해야 하는 지루함을 견디고, 더 나은 미래란 오지 않으리란 막막함을 견디고, 가난한 주머니와 모두가 타인처럼 느껴지는 고독을, 그리고 결국은 이렇게 끝나리라는 슬픔을 견디는 일. 인생이란······.

노파는 침침한 눈으로 가사를 따라 읽다 말고 목을 큼큼거렸다. 괜스레 눈알이 뻑뻑해오는 것 같아 악보를 피아노 위에 얹어놓고 방음실을 나섰다.

방음실은 소리가 새나가지 않게 합판 틈새에 잡다한 것들을 채워 넣긴 했지만 허술하기 짝이 없었다. 노파는 월급날 간혹 일꾼들과 떠밀려 가곤 했던 노래방을 떠올리며 입맛을 쩍 다셨다. 방음실 바깥 벽면은 페인트가 모자랐던지 하얀색 페인트가 반만 칠해져 있었다. 붓질이 꼼꼼하지 않고 건성으로 칠해진 것을 보고 노파는 대번에 아들 솜씨라는 것을 알았다. 페인트도 넉넉하지 않았겠지만 뭐든 하나 제대로 끝맺지 못하는 아들의 솜씨를 눈앞에서 보는 것만 같았다. 노파는 아들이 지금도 어딘가를 밤 고양이처럼 떠돌고 있을 생각을 하니 뜻 모를 노여움에 가슴이 시려왔다. 그녀는 한숨을 크게 내쉬며 중얼거렸다.

"밥이나 제대로 먹고 다니는지 원."

노파는 망치를 들고 못이 박혀 있는 합판의 이음새 몇 곳을 두드려 보았다. 틈새가 헐거워진 쪽부터 못을 뽑아내고 판자를 거둬내야겠다고 생각했다. 하지만 이음새는 보기보다 단단했고 아무 곳이나 내려쳤다간 합판 무더기에 깔릴 것이 뻔했다. 공사판을 쫓아 다니는 몸이었지만, 그녀가 하는 일이란 새로 짓는 건물의 계단이나 바닥에 잘못 떨어져 굳은 시멘트를 망치와 끌로 긁어내는 일이 전부였다. 철거 작업이라고는 해본 적도 없고 무슨 요령이 있는 것도 아니어서 노파는 난감했다. 힘으로 하면 못할 것이 없다 생각했는데, 어디서부터 어떻게 손을 대야 할지 몰랐다. 노파는 망치를 든 채 방음실 앞에서 한동안 맥을 놓고 서있었다.

노파는 일단 지붕부터 걷어내기로 했다. 그런데 지붕부터 거둬내자면 노파의 키로는 어림도 없었다. 책상을 놓고도 부족하고, 책상 위에 무언가를 더 얹어야 손이라도 닿을 것 같았다. 지붕 아래 허술하게 서있는 벽을 쳐내서 지붕을 아래로 떨어지게 할까도 생각해보았지만 그러면 머리 위로 지붕이 쏟아질지도 몰랐다. 모양은 허술해보여도 방음 효과를 내려고 스펀지나 달걀판 같은 것들이 합판들 사이로 가득 들어차 있었다. 노파는 철거작업을 너무 만만히 봤다는 생각이 들었다. 손자가 있어야만 할 것 같았다. 노파가 배낭을 끌어당겨 전화기를 찾는데, 마침 전화가 걸려왔다. 손자인가 싶어 얼른 받았지만 대답은 없고 이상한 잡음만 울리다 끊겨졌다.

"뭐여. 전화를 걸었으면 말을 할 것이지."

핸드폰을 닫는 순간 노파는 가슴이 철렁했다. 얼마 전 시골집으로 아들의 행방을 찾으러 온 경찰의 전화인가 싶었기 때문이다. 노파는 떨리는 가슴을 진정시키고 손자의 핸드폰 번호를 찾아 눌렀다. 신호가 오래도록 울어댔지만 손자는 받지 않았다. 세 번을 연달아 전화를 해도 마찬가지였다.

"이놈의 자식은 또 함흥차사구만."

노파는 무작정 손자를 기다릴 수만은 없었다. 손자가 도와주길 바란 게 어리석은 일이란 걸 진작 알았어야 했다. 아들 손에 딸려 와 노파 손에 맡겨진 아홉 살 손자는 그녀의 말은 귓등으로도 듣지 않았다. 노파가 손찌검에 악다구니를 써도 손자는 항상 제멋대로였다. 지각과 결석을 밥 먹듯 했고, 선생도 학교도 무서워하는 법이 없었다. 컴퓨터를 사준 이후로는 게임에 빠져 더 말을 듣지 않았다. 그나마 고등학교 졸업장이라도 손에 쥔 건 손자를 예쁘게 봐준 담임선생님 덕이었다. 제멋대로이긴 해도 남을 해치거나 도둑질을 하지 않은 것만도 어딘가, 노파는 그렇게 가슴을 쓸어내리곤 했다.

노파는 코를 팽 푼 다음, 몸뻬를 가슴까지 질끈 추어올렸다. 혼자서 저 합판들을 걷어내고 다시 그것들을 잘게 부수자면 꼬박 이틀을 매달려도 부족할 판이었다.

노파는 책상에서 컴퓨터와 잡동사니들을 내려놓고, 방음실 쪽으로 책상을 끌었다. 그리고 책상 위에 얹어 딛고 설 것을 찾았다. 현관문 앞에 책을 넣어둔 박스 하나가 눈에 띄었다. 노파는 그것을 책상 위에 올려놓고 올라가보았다. 지붕은 그제야 그녀의 키에 들어맞았다. 노파는 못이 박힌 틈새를 찾아 망치를 위로 쳐올렸다. 뽀얀 먼지가 온 방 안으로 차올랐다. 노파는 얼굴을 찡그리고 잠시 숨을 참았다. 다시 몇 차례 망치질을 반복하여 쳐올리자 지붕으로 쓴 합판이 덜렁거리기 시작했다. 노파는 망치를 허리춤에 꽂아 넣고 흔들대는 합판 끝을 두 손으로 있는 힘을 다해 앞으로 잡아당겼다. 합판을 떼어내는 데만 신경을 곤두세운 터라 노파는 자신이 책상 위에 서 있다는 사실도 잊고 있었다. 밟고 섰던 책 박스가 위태롭게 흔들거리는가 싶더니, 잡아당기던 합판을 안은 채 그대로 바닥으로 떨어졌다.

"아이쿠, 어머니!"

요란한 소리와 함께 희뿌연 먼지가 공중으로 피어올랐다.

노파는 눈을 껌뻑거리며 주변을 둘러보았다. 콧속으로 끼쳐든 먼지에 노파는 갑자기 기침이 솟구쳤다. 사레가 들린 듯 수차 례 기침이 쏟아지고 얼굴이 시뻘겋게 달아올랐다. 노파가 팔 뚝으로 눈물과 콧물을 눌러 닦고 정신을 차려보니, 다행히도 이불더미 위였다. 허리에 충격을 받긴 했지만 어디가 부러진 건 아닌 모양이었다. 무릎도, 팔과 다리도 그런대로 잘 돌아 갔다. 노파는 저도 모르게 십년감수했다는 말이 터져 나왔다. 하지만 곧 피식하고 웃어버렸다. 10년을 더 살아봤자 별난 세 상을 볼 것도 아닌데, 그저 머리가 부딪히지 않은 것만도 천 만다행이라 여겼다.

노파는 지난겨울 빙판길에 미끄러져 머리를 된통 부딪친 뒤로 자신의 기억이 의심스러울 때가 많았다. 혈압과 당뇨, 변비와 관절염에 먹는 약들이 헷갈렸고, 작업날짜와 약속시간 을 착각해 작업반장으로부터 안 좋은 소리를 듣기도 했다. 이 전 기억들이 헷갈리는 건 말할 것도 없었다. 아들과 손자의 생일을 까먹는 건 예사였고, 잠이 많아 지각을 밥 먹듯이 하 던 것이 아들인지 손자인지도 헷갈렸다. 학교에 가지 않으려 고 머리와 눈썹을 박박 밀었던 건 손자이고, 말도 없이 서울 로 도망가 일주일이나 학교에 빠졌던 건 아들이었다는 게 실 은 그 반대일지도 몰랐다. 실속 없고 사람 좋기로 소문나 여기저기 불려 다니는 통에 잠시도 집에 붙어 있던 날이 없던 건 남편이었다는 것만은 확실했다. 노파가 뻐근한 허리를 잡고 이불더미에서 끙 하고 일어서는데 초인종 소리가 났다. 연거푸 여러 번 울려댔다. 노파는 손자가 키 번호를 깜박하고 초인종을 눌러대는 줄 알았다.

"제 손으로 열고 들어오면 될 것이지 초인종은 왜 눌러?"

노파는 책상에서 떨어진 충격에서 좀처럼 헤어 나오기가 어려웠다. 간신히 몸을 일으켜 굼뜬 걸음으로 걸어가 문을 열었다. 그리고 냅다 소리를 질러댔다.

"너는 한번 나가기만 하면 도대체!"

하지만 노파의 말소리는 공중에서 끊겨버렸다. 문밖에는 아무도 없었다. 복도를 몇 번이나 휘둘러보아도 사람 그림자 하나 보이지 않았다. 누군가 장난을 친 듯했다. 노파가 문을 닫으려는데 하얀색 쓰레기봉투 몇 장이 문 아래 바닥으로 딸려왔다. 손자는 쓰레기봉투만 던져놓고 어딘가로 사라진 모양이었다. 노파는 머리 위로 피가 솟구치는 것만 같았다.

"이런 염병, 우라질 육시랄 놈을 봤나!"

노파는 쓰레기봉투를 주워 든 채 소리쳤다. 손자가 군대에 들어가 대장에게 매일 흠씬 두드려 맞는다 해도 애석하지 않을 것 같았다. 노파는 안으로 들어와 냉장고에서 물병을 꺼내 벌컥벌컥 들이마셨다. 핸드폰을 꺼내 손자의 번호를 눌러 대다 그만두었다. 어차피 받지도 않을 게 뻔했다. 노파는 입대를 코앞에 둔 손자의 심정이 오죽하랴 싶다가도, 손자나 아들이나 제대로 된 놈이 하나 없다는 생각에 부아가 치밀었다. 죽은 남편이야 말할 것도 없었다. 그녀는 냉수를 들이켜며 거친 숨을 몰아쉬었다.

노파는 떨어진 지붕 한쪽을 창가에 세워놓고 멍하니 앉아 있었다. 그녀 혼자서 감당해야 할 일들이 엄두가 나지 않아서였다. 오늘 밤 안으로 손자가 들어올지 안 들어올지도 모르는데, 그렇다고 마냥 손을 놓고 있을 수도 없는 일이었다. 오늘 대강 합판 틀을 헐어내야 내일 그것들을 조각내 쓰레기봉투에 담는 일을 할 수 있을 것 같았다. 염치가 있는 놈이면 저녁에라도 들어와 거들겠지, 노파는 생각했다. 그러니 오늘 안으로 어떡하든 이 합판 벽을 헐어내야만 했다.

노파는 몸뻬를 질끈 추워 올리고 지붕이 떨어져나간 쪽 벽면을 안에서 밖으로 쳐내기 시작했다. 못이 헐거워진 틈새에 망치를 끼워 넣고 있는 힘껏 밖으로 벌렸다. 노파의 키를 훌쩍 뛰어넘는 합판이 앞뒤로 조금씩 흔들리기 시작했다. 뿌지끈 소리를 내며 합판 하나가 떨어져 나갔다. 노파는 떨어져

나간 합판을 질질 끌어 벽 쪽으로 기대놓았다. 두 번째 합판부터는 뜯어내기가 수월했다. 노파는 망치질 한두 번에 흔들리는 합판을 하나씩 뜯어냈다. 막혔던 혈관에 피가 돌듯 그녀는 온몸에서 뜨거운 기운이 솟구치는 걸 느꼈다.

"어디서 힘이 나오냐고? 바로 여기서 힘이 나온다 이놈아!"

노파는 망치를 든 손을 내려치며 목소리에 기합을 넣었다.

"이럇차!"

누가 불러일으킨 흥인지 알 수 없는 힘이 노파의 몸에서 솟구쳤다. 노파는 언젠가부터 궁지에 몰리게 되면 더 힘이 솟았다. 노파도 무엇 때문인지 알 수 없었다. 남편이 죽었을 때, 어린 손자를 맡게 되었을 때, 아들이 떠났을 때도 그랬다. 몸 안에 숨어 있는 어떤 기운이 때가 되면 힘이 되어 밖으로 솟구치는 모양이었다. 노파는 저도 모르게 노래를 부르고 있었다. 흥겨워서라기보다는 힘을 끌어 모을 때 저절로 나오는 노랫가락이었다.


삼다도라 제주에는 아가씨도 많은데
바닷물에 씻은 살결 옥같이 부드럽구나
미역을 따오리까 소리를 딸까

망치질은 노랫소리를 따라 빠르고 힘차게 공중으로 퍼져 나갔다. 노파는 젊은 날 동네 노래자랑에 나가 상으로 벽시계를 탔던 일이며, 아버지 몰래 약장수를 따라 나서려다 잡혀 돌아온 일들이 떠올라 절로 입가에 미소가 지어졌다. 손자의 끼는 어쩌면 그녀에게서 받은 것일지도 몰랐다. 숫기가 없는 아들과는 달리 손자는 경로당 노인들의 귀염을 독차지할 만큼 노래솜씨가 좋았다. 노래가 흥겨워질수록 합판은 하나둘 몸체를 떨구고 한쪽으로 쌓여갔다. 노파는 배가 고픈 줄도 모르고 작은 몸을 부지런히 움직였다. 한창 힘이 솟구칠 때면 합판도 종이 한 장처럼 가볍게 여겨졌다. 얼핏 누군가 초인종을 누르고 문을 두드리는 것 같았지만 노파는 무시했다. 작업 중일 때 그녀의 얼굴은 신들린 모습과 흡사했다.

노파는 창밖이 어두워질 쯤에야 손에서 망치를 내려놓았다. 한 차례 거센 태풍이 휘몰아 친 것처럼 원룸 안은 먼지와 합판에서 나온 부스러기로 어지러웠다. 노파는 허기진 얼굴로 방음실이 허물어진 자리를 바라보았다. 높고 험준한 산을 막 넘어온 듯 만감이 교차하는 느낌이었다. 노파의 노랫가락도 끝이 났다. 노파는 떨리는 목소리로 작게 읊조렸다.

"뭐라도 좀 먹어야지. 당최 손이 떨려서⋯⋯."

노파는 아침에 남은 밥을 된장찌개에 비벼 먹었다. 일을 한 탓인지 밥맛이 꿀맛이었다. 25년 전 남편이 죽고 아들이 일을 찾아 집을 떠나자 노파는 무얼 해야 할지 몰랐다. 동네 마트에서 일자리를 얻었지만 지루하기만 했다. 노래를 하고 싶었던 꿈은 너무 오래전 일이었다. 술과 담배와 노름을 배워 보기도 하고, 잠시 다른 남자를 만나보기도 했지만 곧 그 모든 것들에 싫증이 났다. 마을의 늙은 축들과 함께 과수원으로 품일을 나가기 시작했다. 겨우겨우 거친 노동에 몸을 맞춰가던 때, 점심으로 나온 한 대접의 밥을 게 눈 감추듯 먹어치우자 누군가 그녀에게 말했다. 됐어! 이제 됐어! 먹는 걸 보니 이제 된 거여. 무엇이 됐다는 건지 그녀는 그들의 웃음을 이해할 수 없어 어리둥절했다. 신 김치 몇 쪽만으로도 달게 밥을 먹는 건 언제나 그녀보다 삶이 더 곤고한 축들이었다. 노파는 그런 웃음이 싫지 않았다. 더 나이가 들어 남자 일꾼들을 따라 공사판으로 다닌 건 일당이 더 많아서였다.

한쪽 벽면으로 기대선 합판 조각들을 보니 노파는 마음이 한결 한갓졌다. 언제 저걸 다 부수나 걱정이 태산 같던 것이 불과 몇 시간 전이었다. 어느새 밖은 어두워졌다. 노파는 좀 더 움직여보려 했지만 밥을 한술 뜨고 나자 졸음이 몰려왔다. 조금만 눈을 붙이려 이불 더미 쪽으로 머리를 기대고 누웠다.

손자가 돌아오면 그때나 이불을 펴고 누워도 누울 셈이었다.

노파는 넓은 운동장에 군복을 입은 병사들은 바라보고 있었다. 날씨는 맑았고 검게 그을린 병사들은 모두가 늠름하고 씩씩해 보였다. 가족들이 지켜보는 가운데 군인들은 총검술을 뽐내고 줄을 맞춰 운동장을 돌았다. 손자는 제일 가운데 서 있었다. 그새 키도 크고 조금 마른 것 같았다. 모두가 똑같은 군복에 모자를 쓰고 총을 들고 있었다. 노파는 어찌나 좋던지 눈물이 나올 것만 같았다. 이제 어른이 됐구나 하는 생각이 들었다. 마냥 철부지 같던 손자가 어른이 돼서 눈앞에 서있었다. 누군가 마이크로 가족들과 상봉할 시간이라고 말해주었다. 노파는 맨 앞줄 가운데 서 있는 손자를 향해 달려갔다. 어서 품에 안아보고 싶었다. 하지만 손자를 안으려는 순간 무언가 쿵 하고 노파의 몸으로 부딪혀 왔다. 눈을 떠보니 세워놓은 합판 몇 개가 미끄러져 노파 쪽으로 밀려와 있었다. 손자는 온데간데없고 온몸이 무지근했다. 잠시 꿈을 꾼 모양이었다.

노파는 몸을 일으켜보려 했으나 몸이 말을 듣지 않았다. 이불도 깔지 않고 차가운 바닥에서 잔 데다 하루 종일 무리하게 일을 한 탓이었다. 가뜩이나 좁은 원룸이 바닥으로 밀려난 합판들 때문에 더 비좁아 보였다. 우선 밀려온 합판더미들부터 정리해야 했다. 노파는 창밖이 뿌연 것을 보고서야 아침이 온 것을 알았다.

가방 속에서 벨이 울렸다. 손자일까 싶어 노파는 얼른 전화를 받았다. 잡음에 섞여 누구의 목소리인지도 분별하기 어려웠다. 진호냐? 여보세요? 진호여? 노파는 손자의 이름을 재차 부르다 아차 하는 생각에 전화를 얼른 꺼버렸다. 혹여나 경찰이 아들의 소식을 물으려 전화를 했을까 싶어서였다. 노파는 눈을 끔뻑거리며 떨리는 가슴을 진정시켰다. 온몸으로 한기가 몰려들었다.

노파는 화장실로 가 세수를 하고 손자에게 전화를 걸었다. 여전히 받질 않았다. 손자는 도대체 어디서 밤을 샌 것인지 연락도 없고 갑갑하기만 했다. 노파는 조금씩 초조해지기 시작했다. 아들이란 놈은 일 년째 소식이 없고, 손자란 놈은 이제 2일 내로 방을 비워줘야만 하는데도, 어디로 갔는지 코빼기도 안보였다. 무엇보다 노파는 오늘 안에 이 합판더미들을 조각내 갖다 버려야 할 일이 걱정이었다. 오늘도 과연 몸이 버텨줄지 의문이었다. 어제의 무리한 작업으로 여기저기 쑤시지 않는 곳이 없었다. 하지만 이 일을 끝내야만 했다.

날씨가 추웠지만 노파는 다음 작업을 위해 창문을 활짝 열었다. 합판들을 부수고 조각내자면 먼지가 진동할 것이기 때문이었다. 서늘한 새벽공기가 방 안으로 훅 끼쳐들었다. 창밖에서 압력밥솥 추가 돌아가는 소리와 자동차 시동소리가 뒤섞여 들려왔다. 노파는 서둘러야겠다고 생각했다. 합판 하나만 갖고 씨름하려해도 꽤 많은 시간이 걸릴 듯싶었다. 다시배가 고팠다. 전기밥솥의 밥을 한 그릇 퍼서 물에 말아 김치와 무말랭이 무침으로 뚝딱 해치웠다. 마스크를 두 겹으로 쓰고 모자를 꾹꾹 눌러썼다. 노파는 손자가, 아들이 돌아오지 않는다 해도 끄떡없었다. 그럼, 끄떡없고말고. 노파는 언제나처럼 그렇게 중얼거렸다.

아들과 연락이 끊긴 지 6개월이 됐을 무렵, 눈길에 넘어져 손목이 부러졌을 때도 노파는 그렇게 말했다. 깁스를 하고 일을 나가지도 못한 채 꼬박 3개월을 쉬어야 했던 때였다. 이웃에 살던 부녀회장이 찾아와 아들의 실종신고를 내고, 기초수급자 신청을 하라는 말에 노파는 버럭 화를 냈다. 노파는 아들이 곧 돌아올 거라고, 그녀도 곧 일을 시작할 수 있다고, 그런 도움 따윈 필요 없다고 소리쳤다. 아들이 실종이라니, 그건 말도 안 되는 일이라고, 다시는 그런 말을 꺼내지도 말라고 아귀차게 말했다. 나는 끄떡없으니께!

노파의 작업 속도는 생각보다 더뎠다. 팔과 다리의 힘이 어제 같지 않았다. 합판 몸통을 비스듬히 누여 중간 부분부터 부숴보려 했지만 노파의 힘으로는 무리였다. 얇은 합판 몇 장 부수는 것과는 다른 일이었다. 작게 자르려면 톱질을 해야 했다. 노파는 가방에서 낡은 톱 한 자루를 꺼내 들었다. 톱날은 녹이 슨 데다 듬성듬성 이가 빠져 있었다. 노파는 눈앞의 합판 더미를 보자 절로 한숨이 터져 나왔다. 아들에게 푸념이라도 하고 싶지만 투정에 불과하다는 걸 알고 있었다. 노파는 이내 톱자루를 부여잡고 합판 쪽으로 몸을 숙였다.

노파는 합판 가장자리에 톱날을 밀어 넣고 얼마쯤 자르다가 한 다리로 합판을 힘껏 내려밟았다. 금이 가 부러진 합판을 망치로 내려친 다음, 적당한 크기로 조각을 냈다. 합판 사이에 낀 달걀판들은 따로 쌓아놓고, 스펀지를 포함한 조각들은 쓰레기봉투에 담았다. 이렇게 합판 한 장을 자르는 데만도 20분은 족히 걸렸다. 한쪽으로 세워놓은 합판들을 차례로 끌어 내려 자르고 또 잘라냈다. 노파는 그저 자르고 부수는 것만이 신성한 의무인 양 동작을 멈추지 않았다. 노파는 쓰레기봉투에 담을 만큼의 조각들이 쌓일 때만 잠시 망치질을 멈추었다. 합판조각들과 폐기물을 담은 쓰레기봉투가 하나씩 늘어갔다. 노파의 옷과 모자 위로는 화산재처럼 뿌연 먼지와 합판 부스러기들이 쌓여갔다. 마스크와 모자로 가린 얼굴 사이로 기력이 쇠잔한 두 눈망울만 가끔씩 빛을 발할 뿐이었다.

엄마, 내가 사람을 쳤어. 칠려고 친 건 아니고, 재수가 없으려니 에잇……. 어쨌든 당분간 집에 못 들어가니까 그렇게 알고 있어. 경찰이 물으면 무조건 모른다고 하고. 알았지? 진호 부탁해요. 엄마.

노파는 환청처럼 아들의 목소리를 들었다. 금방이라도 아들이 저 문을 열고 들어올 것만 같아 고개를 두리번거렸다. 젊은 시절 이곳저곳을 떠돌던 아들은 뒤늦게 배운 목수 일로 건설현장들을 찾아다니며 제 몫을 하기 시작했다. 6개월째 밀린 임금을 받기 위해 일꾼들 몇과 담판을 지으러 사장을 찾아갔다가 몸싸움이 벌어졌다고 했다. 발을 헛디뎌 사장이 머리를 다쳤고, 동료들은 나 몰라라 도망을 치면서 아들에게만 잘못을 뒤집어씌웠다. 사장이 아들을 주동자로 몰아 고소했고 지명수배 된 아들은 누명을 쓰고 도망을 다니는 중이었다.

노파는 화장실로 가 입안을 헹구고 코를 풀었다. 방 안은 바깥만큼 추웠지만 먼지 때문에 열어놓은 문을 닫을 수는 없었다. 찬바람 속에 성큼 겨울이 다가와 있었다. 노파는 한시라도 빨리 작업을 끝내기 위해 합판 하나를 당겨와 눕혀 놓았다. 다시 톱질과 망치질을 하려는데 문 쪽에서 초인종 소리가 들려왔다. 노파가 들은 척도 하지 않자 이번에는 문을 세차게 두드리기까지 했다.

"또 왔구먼. 또 왔어. 시끄럽다고?"

노파는 중얼거리며 망치질을 계속했다. 노파는 한번 일을 시작하면 끝을 보고야 마는 성미였다. 게다가 일에 열중하면 소리도 못 들었고 허기도 느끼지 못했다. 초인종 소리가 몇 번 더 난 것 같았지만 노파는 신경도 쓰지 않았다. 다시 또 급하게 초인종이 울어댔다.

"아이고 참, 다 되어간다니께, 초인종은 왜 그렇게 눌러싸!"

노파는 결국 허리를 펴고 일어섰다. 이웃지간에 잠시 잠깐도 못 참고 초인종을 눌러대는 화상이 누군가 두 눈으로 봐야겠다고 생각했다. 일어서려는데 굽어진 허리가 말을 잘 듣지 않았다. 노파는 망치를 든 채로 어기적거리며 걸어가 문을 열었다. 한바탕 면박을 줄 셈이었다. 그런데 문을 열자 뜻밖에도 경찰 옷을 입은 두 명의 남자가 서 있었다.

"안녕하십니까."

노파는 눈을 껌벅거리며 경찰을 쳐다보았다. 갑자기 나타난 경찰들을 보자 가슴이 철렁하며 머리칼이 쭈뼛 섰다. 시골집으로 찾아와 아들에 대해 꼬치꼬치 캐묻고 간 경찰과 비슷한 생김새였다. 노파는 놀란 마음에 어찌할 바를 모르고 문 앞에서 주춤거렸다.

"시끄럽다고 옆집에서 신고가 들어왔어요, 할머니. 지금 무슨 일 하고 있었어요?"

키가 크고 얼굴이 넓적한 경찰이 물었다. 노파는 목에 무어라도 걸린 듯 목소리가 나오지 않았다. 노파는 신고라는 말에 놀라 잡고 있던 문을 뒤로 한 채 문 밖으로 나와 섰다. 방 안에서 하던 일을 들키고 싶지 않아서였다.

"할머니, 그 손에 든 망치는 뭐에요?"

옆에 선 키 작은 경찰이 망치를 가리키며 큰 소리로 물었다. 노파는 실어증에 걸리기라도 한 듯 목소리가 나오지 않았다. 그저 고개를 저으며 놀란 눈을 두리번거릴 뿐이었다.

"할머니, 여기 혼자 사세요? 안에 다른 가족 분들 없어요?"

경찰들이 닫힌 문 뒤쪽으로 눈길을 주며 물었다. 노파는 바짝 긴장을 해서인지 경찰들이 무슨 말을 하는지 이해할 수가 없었다. 그저 경찰들에겐 아무 말도 하지 말고 무조건 모른다고만 하라던 아들의 말만 머릿속에 떠올랐다. 그때 옆집 문이 열리고 40대 중반의 남자가 추리닝 차림으로 나왔다.

"수고하십니다. 제가 신고한 사람인데요."

경찰들이 옆집남자와 인사를 나누었다.

"빨리 오셨네요. 어제부터 이 집에서 방을 부수는지 난리도 아니었다구요. 노랫소리가 나다가 또 부수는 소리가 나다가 사람이 잠을 잘 수가 있어야지요. 몇 번을 찾아가도 문도 안 열어주고."

옆집 남자가 손짓을 섞어가며 설명을 해댔다.

"할머니가 여기 혼자 사시나요?" 키 작은 경찰이 물었다.

"모르죠. 전에도 가끔 노랫소리가 나긴 했는데. 노인네가 사는 줄은 몰랐어요. 전에는 젊은 남자 목소리가 났던 것 같은데……."

남자는 말하면서 고개를 갸우뚱했다.

"할머니. 아드님이나 따님 이름 아세요?" 키가 큰 경찰이 노파에게 물었다.

노파는 다시 머릿속이 하얗게 된 기분이었다. 놀라서인지 말도 나오지 않았다. 절대로 아들 이름을 경찰에게 말해선 안 된다는 것만 기억할 뿐이었다. 노파는 그저 입을 굳게 다문 채 초조한 얼굴로 경찰을 쳐다보기만 했다.

"할머니. 자제분 있으면 이름 한번 대보세요."

키 작은 경찰이 말했다.

"그리고 여기 키 번호 아시죠? 번호 누르고 들어가셔서 신발부터 신고 나오세요."

노파는 그제야 자신의 발이 맨발이란 걸 알았다. 노파는 손자가 준 자동키를 대고 들어올 줄만 알았지 번호는 알지 못했다. 당황한 마음에 아무 번호나 계속해서 눌러댔다. 그러자 문에서 요란한 경보음이 들리고 노파는 그 소리에 놀라 문고리를 붙잡은 채 발을 동동 굴렀다.

"이 할머니 좀 이상하지 않아? 키 번호도 모르는가 본데, 추운 날씨에 여기 계속 세워둘 수도 없고."

"할머니! 자제분들이 데리러 올 때까지 경찰서에 가 계실래요?"

키 작은 경찰이 물었다. 노파는 경찰서로 가자는 말에 더욱 세차게 고개를 흔들었다.

"할머니 가족 분들이 할머니 찾으러 올 때까지 보호해드리려는 거예요!"

경찰관 둘은 노파를 데리고 가자는 눈짓을 해보였다. 그러자 노파는 두 팔을 뒤로 돌려 문고리를 부여잡고 버둥거렸

다. 입은 떼려야 떼어지지 않고, 말조차 나오지 않았다. 노파
는 경찰과는 어떤 말을 해서도 안 되고, 손자가 올 때까지 여
길 떠나서는 안 된다는 생각만 고집스럽게 하고 있을 뿐이었
다.

경찰들이 억지로 노파의 손을 떼어내 경찰차에 옮겨 실었
다. 노파는 끌려가지 않으려 발버둥을 쳤지만 경찰 둘을 이길
수는 없었다. 무엇인가에 짓눌린 듯 머릿속이 무지근해 생각
의 가닥을 잡기 어려웠다. 그녀는 희미해져가는 기억을 붙잡
으려 잔뜩 인상을 썼다. 끝내지 못한 일과, 돌아오지 않는 손
자와 아들의 안부가 뒤범벅이 되어 머릿속이 터질 지경이었
다. 노파는 시나브로 멀어져가는 기억들을 붙잡으려 필사의
힘을 그러모았다. 그러자 십수 년 전 아들과 손자와 이부자리
에 누워 두런두런 이야기를 주고받던 저녁 한때가 떠올랐다.
노파는 손자를 보고 물었다.

"넌 이다음에 커서 뭐가 될려?"

"가수."

"카수? 카수는 무슨 카수. 돈 벌어서 이 할미 호강시켜 줘
야지."

"가수한테 그런 걸 바라면 어떡해요, 할머니!"

"왜 안 돼야?"

"새들이 노래하고 돈 달라는 거 봤어요?"

"새들이야 그게 지들 일이니께."

"저도 그런 일을 할 거예요."

"새들처럼 노래만 하겠다고?"

"네! 노래할 거예요."

"에고, 어쩌냐? 우리 손자가 카수가 되겠냐! 노래하는 새
가 되겠댜아!"

　노파는 누구라도 들으라는 듯 어린 손자의 등을 두드리
며 큰 소리로 웃었다. 제 아비를 닮아 뜬구름 잡는 소리를 하
는 게 달갑지 않았지만, 그녀의 끼를 받은 것 같아 내심 흐뭇
하기도 했다. 할 수만 있다면 손자가 제 꿈을 이루도록 모든
것을 다 해주고 싶었다. 옆에 누워 있던 아들이 콧방귀를 뀌
며 자세를 바꿔 모로 누웠다. 웃는 얼굴을 감추기 위한 것임
을 노파는 알고 있었다.


　경찰차가 원룸 건물이 있는 언덕길을 내려갈 때 아래쪽에
서 한 청년이 걸어 올라오고 있었다. 모자를 깊게 눌러쓴 청
년은 머리를 깎아 올려서인지 목 언저리가 파르라니 추워 보
였다. 어깨를 잔뜩 움츠린 채 주머니에 두 손을 찔러 넣고 총

총걸음을 옮기고 있었다. 귀에는 이어폰을 꽂고 언덕길을 미끄러져 내려가는 경찰차에는 스윽 한 번 눈길을 주었을 뿐이다. 노파는 아들과 손자의 얼굴을 떠올리자 따뜻한 기운이 온몸에 퍼지면서 얼굴이 환하게 달아올랐다. 흐뭇한 표정으로 차창 너머를 응시하느라 경찰차 옆을 스치며 지나간 손자의 얼굴을 알아보지 못했다. 노파의 머리엔 희뿌연 먼지와 합판 부스러기가 쌓여 있었고, 발은 맨발이었다. 그럼에도 두 손은 자신의 분신인 양 망치자루를 굳게 부여잡고 있었다.

터
널

슈렉! 한 아이가 보조교사 정의 원피스 자락을 끌어당긴
다. 교구를 정리하고 있던 정은 굼뜨게 아이를 돌아보곤 놀이
터로 따라 나선다. 그녀의 몸은 오크나무로 만든 와인 통처럼
가운데가 부풀어 있다. 긴 생머리는 언제나 뒤로 질끈 묶여있
어 비대한 몸통과 불균형을 이루지만 그녀는 상관하지 않는
것 같다. 슈렉은 허벅지로 달려든 남자아이를 번쩍 들어 올려
피자반죽을 돌리듯 머리 위로 가볍게 손비행기를 태운다. 아
이의 자지러지는 웃음소리가 교실 안으로까지 들려온다. 그
소리에 그네와 정글짐에 매달려 있던 아이들까지 모두 그녀
앞으로 달려든다. 나무기둥처럼 단단한 그녀의 팔뚝으로 두

손을 뻗쳐 올리며 깡충거린다. 나도요! 나도! 나도! 나도요!

　지민은 물컵을 든 채 창밖을 바라보다 가늘게 한숨을 내쉰다. 장시간에 걸친 연극 연습은 아이들뿐만 아니라 선생님들도 지치게 한다. 지민은 이번 발표회를 위해 직접 극본까지 쓰는 열성을 보였지만 아이들은 지루한 책을 읽듯 대사를 중얼거릴 뿐 흥미를 보이지 않고 있다. 지민은 오랜 시간 휴직 상태에 있던 그녀를 고용해준 원장의 배려에 보답하기 위해서라도 이 연극이 잘되기를 간절히 빌고 있다. 발표회는 내일로 다가왔다. 미진한 부분을 채우기 위한 연습도 오늘뿐이다. 잠깐의 휴식을 허락한 사이, 슈렉과 아이들은 밤하늘을 날아오르는 반딧불이처럼 사방으로 어지럽게 뛰어오른다.

　지민은 단숨에 물을 들이켠다. 빈 컵을 든 지민의 손이 미세하게 떨리고 있다. 떨림은 손이 아닌 다른 곳, 심장에서 시작되고 있는 것 같다. 지민은 가슴에 한 손을 올려본다. 그야말로 이상한 심장이다. 움직이거나 말할 땐 감지하지 못하다가 정지해 생각을 하거나 쉬고 있을 때 격하게 뛰고 있는 게 느껴진다. 이런 증상은 어제까지도 없었다. 지민은 창가에 선 채로 아침부터 있었던 일들을 떠올려본다. 딱히 이렇다 할 일은 없었다. 언제나처럼 새벽조깅으로 하루를 시작했고……

슈렉은 이제 한쪽 허리춤에 두 아이를 동시에 껴안은 채 다른 손으로 한 아이의 그네를 밀어주고 있다. 아이의 가냘픈 무릎이 꺾였다 펴지고 다시 꺾이면서 그네는 점점 더 큰 부채꼴을 만든다. 공기를 가르고 또 가르면서 큰 바람을 일으킨다. 그녀의 괴력은 어디서 오는 걸까. 아이들은 따개비처럼 그녀의 허벅지와 팔뚝에 달라붙어 떨어지려 하지 않는다. 귀찮을 만도 하건만 슈렉은 연신 입을 크게 벌려 공중으로 웃음을 터뜨린다. 지민의 가슴에선 여전히 북소리와도 같은 심장 뛰는 소리가 쿵쿵대고 있다. 왜 이럴까. 곰곰이 생각하던 지민이 아, 하고 혼잣말을 내뱉는다. 그래! 총소리! 그녀는 오늘 아침, 총소리를 들었다. 그 총소리의 진동이 종일 그녀의 가슴을 쿵쿵거리게 한 것이다.

지민은 막 생각이라도 난 듯 휴대폰을 꺼내 경찰서로 전화를 건다. 네. 아침에 총소리 건으로 신고했던 사람인데요. 잡았나요? 아침부터 아파트 단지 근처에서 총을 쏘아댄 사람이요. 경찰은 잠깐만 기다리라면서 누군가에게 무언가를 묻는 것 같다. 전화기에서 또 다른 목소리가 들려온다. 뭐라고요? 아직도 못 잡았다고요? 지민은 자신의 신고가 무시당했다는 생각에 화가 치밀어 오른다. 출근시간이 촉박해 신고만 하고 경찰이 출동하는 걸 확인하지 않은 게 잘못이었다. 아니, 출동하기는 한 거예요? 지민은 흥분하여 목소리가 높아진다. 저 말고도 총소리를 듣고 놀라서 땅바닥에 주저앉은 할머니도 있었는데, 이러면 직무유기 아닌가요? 마지막 단어가 걸렸는지 경찰은 신고 즉시 출동해 조사해보았지만 총소리를 들었다는 사람은 없었다고 말을 바꾼다. 지민은 더욱 목청을 높여 또박또박 반박한다. 총소리가 여러 번 났었다니까요. 한 번도 아니고 여러 번이요. 사람이 모여 사는 아파트 단지에 총소리가 연달아 났다는데 경찰의 반응이 이럴 수 있는 거예요?

슈렉이 팔과 다리에 아이들을 매달고 교실로 들어오는 바람에 지민은 전화를 끊어버린다. 땀에 흠뻑 젖은 아이들은 벌떼처럼 정수기로 몰려들어 물을 마셔댄다. 서로 먼저 마시려다 정수기가 앞뒤로 흔들리고 바닥은 물 천지로 변한다. 슈렉이 걸레를 가져와 바닥을 닦으려 엎드리자 아이들은 슈렉의 등 위로 올라탄다. 자, 자, 차례차례, 질서 있게! 지민이 박수를 쳐가며 아이들의 시선을 끌려 하지만 소용이 없다. 아이들은 그저 물을 먼저 마시려고 달려들어 아수라장을 만들 뿐이다. 지민은 아이들을 향해 큰 소리로 말한다.

"그만, 그만! 차례를 지켜야지!"

발갛게 상기된 아이들은 머리칼이 땀에 젖어 반짝이고, 목을 축인 입술은 붉고 촉촉하게 젖어 있다. 숨이 찬지 쌔근쌔근 밭은 숨을 몰아쉬는 아이들도 있다. 처음 유치원 교사가 되었을 때 지민을 설레게 했던 건 바로 저 길들여지지 않은 야생의 기운이었는데, 언제부턴가 그녀는 아이들의 혼돈과 무질서를 견딜 수가 없다. 무엇 때문일까. 지민은 다시 질서 있게, 라고 소리치려다 주춤거린다. 땀에 흠뻑 젖은 한 아이의 머리를 흩으려주고는 손바닥을 치며 말한다. 자, 제2막 들어가자. 아이들은 몸을 비틀며 입술을 삐죽 내민다.

오리5 – 그 터널에 정말 박쥐가 살고 있을까?

오리2 – 뱀이 살고 있을지도 몰라.

오리5 – 맞아. 너구리도.

오리2 – 우리 아빠가 그러는데, 터널엔 가스가 많아 몸에 좋지 않대.

오리4 – 그 터널은 엄청 오래됐다고 하던데?

오리3 – 무너지면 어쩌지?

오리1 – 겁쟁이 오리들은 빠져. 난 찾아갈 테니까!

오리3 – 나도 갈 거야.

오리4, 5 – 나도.

오리6, 7, 8 – 나도 나도.

오리1 – 좋아! 그럼 우리 모두 같이 가는 거다!


선생님, 화장실 가고 싶어요. 오리로 분장한 8명의 아이들 중 한 명이 손을 들고 쭈뼛쭈뼛 다가온다. 한창 몰입 중이던 연습이 끊기고 지민은 온몸에 맥이 풀린다. 오리8은 '맞아 맞아' '나도 나도'만 하면 되는 유치원에서 가장 어린 아이다. 다섯 살임에도 제 형인 오리1과 떨어지려 하질 않아 지민의 6, 7세 반에 다니고 있다. 빨리 갔다 와! 지민은 신경이 곤두서 말이 부드럽지 못하다. 말을 내뱉고는 곧바로 아이에게 미안한 마음이 든다. 슈렉은 졸고 있다 막 잠이 깼는지 어기적거리며 걸어가는 오리8을 놀란 눈으로 쳐다본다.

슈렉은 무릎까지 내려오는 품이 넉넉한 노란색 원피스에 검정색 레깅스를 입고 있어 어디서라도 눈에 띈다. 그녀는 통학버스 규범이 강화된 후 이곳에 왔다. 통학버스에 승차해 아침저녁으로 아이들이 타고 내리는 것을 도와주고, 노는 시간이나 점심시간에 돌봐주는 일을 한다. 화장도 안한 펑퍼짐한 얼굴에 말도 없지만 아이들과의 호흡에는 문제가 없어 보인다. 슈렉이 처음 왔을 때만 해도 아이들은 그녀의 거대한 몸집과 과묵한 표정 때문에 선뜻 다가가지 않았다. 그런데 이제는 모든 아이들이 몸으로 놀아주는 그녀를 제 엄마만큼이나 거리낌 없이 대한다. 다만 연극에 대한 그녀의 이해도는 아이들과 별반 다르지 않다고 지민은 생각한다. 슈렉은 연극 연습 시간에 얼굴을 한쪽으로 늘어뜨린 채 늘 졸아왔기 때문이다.

화장실에 간 오리8이 15분이 넘도록 돌아오지 않는다. 연습 중이던 아이들의 고개가 줄곧 화장실을 향해 있다. 마침내 궁금증을 참지 못하고 하나둘씩 들썩거린다. 슈렉이 슬며시 화장실로 갔다가 이내 어깨를 으쓱하며 돌아온다.

"없네? 하늘로 솟구쳤나?"

아이들은 슈렉의 말이 끝나기가 무섭게 우왕좌왕 흩어져 오리8을 찾기 시작한다. 숨바꼭질이라도 시작한 듯 신이 난 얼굴이다. 오리8은 평소에도 교실 캐비닛이나 주방 식탁 아래 숨었다 나타나곤 하는 장난꾸러기여서 그러려니 하겠지만, 오늘만큼은 그런 마음의 여유가 지민에게 생기지 않는다. 분명 연극 연습이 싫어 계단 아래나 비품실 어느 구석엔가 숨어 있을 것이다. 지민은 오리8이 돌아오면 단단히 혼을 내줘야지 벼르는데, 누군가 교실 문을 빠끔히 열고 오리8의 등을 밀어 넣는다. 오리8이 부끄러운 듯 몸을 꼬며 문 앞에 서 있다.

"화장실이 급하다고 집으로 왔더라고요. 혼자 들어가기 창피하다고 해서……."

오리8의 엄마는 고개를 꾸벅하고는 부리나케 사라진다. 교실에 남았던 아이들이 부러운 얼굴로 오리8에게로 몰려든다. 그리고 이내 오리8의 주위를 빙글빙글 돌며 툭툭 장난질을 해댄다. 슈렉이 양떼를 몰고 오듯 복도 쪽으로 흩어진 아이들을 불러 모아 들어온다. 아이들은 오리8이 금방 돌아온 게 탐탁지 않은 얼굴이다. 재밋거리를 빼앗긴 아이들처럼 입술을 삐죽이며 제자리로 돌아간다.

오리3 - 어른들은 왜 터널에 못 가게 하는 걸까?

오리1 - 위험하니까 그렇겠지.

오리5 - 뭐가?

오리1 - 숲속에는 오리를 잡아먹는 족제비와 여우가 수두룩하거든.

오리4 - 족제비와 여우가?

오리6, 7, 8 - 그럼 어떡해, 어떡해.

오리1 - 그렇다고 집에만 있는 건 말이 안 돼. 우리는 용감한 오리들이잖아.

오리2 - 용감한 오리들이라고?

오리6, 7, 8 - 맞아. 맞아. 우리는 용감한 오리들이야!

점심시간 종소리가 교실 안에 울려 퍼진다. 운전기사 거북이 창밖에서 교실 안을 기웃거리고 있다. 점심을 먹으러 온 모양이다. 아이들은 약속이나 한 듯 창가로 달려가 원숭이 흉내를 내보인다. 거북이도 양 볼을 부풀리고 가슴팍을 두드리면서 양발을 굴러댄다. 아이들이 창문을 두드리며 까르르 웃음을 터뜨린다. 거북은 동네 주변을 어슬렁거리는 구경꾼처럼 교실들을 둘러보다 주방으로 건너간다. 고개가 앞으로 나온 데다 등이 살짝 굽어 있어 아이들은 그를 거북이라고 부른다. 태권도 학원 원장이었다던 그는 불경기로 학원 문을 닫고 이곳 통학버스를 몰고 있다. 태평스런 성격 탓인지 40대 후반의 나이에도 아이들과 뒤섞여 즐겁게 논다. 슈렉과도 스스럼이 없다.

지민은 연극을 멈추고 아이들에게 손을 씻으라고 말한다. 연극에서 해방된 아이들은 먼저 손을 씻으려 우왕좌왕 화장실로 몰려간다. 그 사이 슈렉은 급식을 가져와 아이들의 식판 위에 골고루 나눠준다. 창밖에서 기웃거리던 거북은 어느새 사라지고 없다. 아이들이 밥을 먹기 시작한다. 슈렉은 아이들의 식사를 거들기 전, '폭풍 흡입'의 속도로 밥을 먹어 치운다. 아이들은 만화영화를 보듯 넋을 놓고 그 모습을 쳐다보다 그것이 신호라도 되는 양 허겁지겁 밥을 씹어 삼킨다. 잠시 후 교실에 남아 있는 건 먹는 속도가 느린 여자아이와 지민뿐이다.

놀이터는 다시 슈렉과 아이들로 가득 찬다. 밥을 먹은 슈렉은 어쩐지 더 힘이 세진 것 같다. 등에서 옆구리로, 다리에서 허리로 달려드는 아이들을 번쩍 안아 올려 미끄럼틀과 정글짐에 가볍게 올려놓는다. 식사를 마쳤는지 거북도 어느새 아이들 속으로 섞여든다. 지민은 슈렉과 거북, 아이들 속에 섞여 놀고 있는 자신의 모습을 떠올려본다. 유치원선생님이 되는 건 지민의 오랜 숙원이자 유일한 꿈이었다. 만 18세에 그룹 홈에서 떠밀리듯 나와 마주한 세상은 컴컴한 터널 속만큼이나 무섭고 두려웠다. 먼저 나간 친구의 소개로 들어간 공장에서 먹고 자며 버티기를 2년여, 독종이란 소리를 들어가며 돈을 모으고 공부를 시작한 건 누구에게도 무시당하지 않는 한 사람이 되고 싶어서였다. 방송통신대학의 유아교육학과 자격증을 따기까지는 7년여의 시간이 걸렸다. 처음으로 유치원 선생님이 되었을 때 지민은 비로소 당당한 하나의 인격체가 된 기분이었다. 무엇보다 그녀를 따르는 아이들의 눈방울에 흠뻑 빠져들었다. 지민은 가족처럼 느껴지는 아이들이 좋았고, 아이들이 있는 이 일터를 오래오래 지키리라 마음먹었다.

교실에는 지민이 혼자 남아 커피를 마시고 있다. 제일 늦게까지 음식을 깨작대던 여자아이가 나간 자리에는 창밖을 기웃대던 조각 볕이 들어찼다. 놀이터 한쪽 끝에 서있던 슈렉이 한걸음에 달려와 문 앞에 서 있는 여자아이를 시소에 올려준다. 거북이 재빨리 달려가 여자아이 뒤로 앉으며 건너편 자리를 손으로 가리킨다. 슈렉이 여봐란 듯이 가슴을 내밀며 성큼성큼 반대편 시소에 오른다. 거북이 엄살을 부리며 웃는 얼굴로 두 손을 싹싹 빈다. 시소는 슈렉 쪽으로 휘우듬 기울고, 거북과 여자아이는 단번에 하늘로 솟구친다. 거북이 품에 안겨 있던 여자아이가 자지러질 듯 소리를 내지른다. 지민은 마치 한 가족의 행복한 일상을 엿보는 듯하다. 아이의 청명한 웃음소리가 유리조각처럼 부서져 지민의 가슴에 와 박힌다. 다시 가슴에서 쿵쿵 소리가 들린다. 핸드폰을 열어보니 통화를 하다 끊긴 경찰에게서 부재중 전화가 와 있다.

지민은 다시 전화를 건다. 지민과 통화를 했던 경찰은 좀 더 자세한 진술이 필요하니 직접 경찰서에 와달라고 말한다. 지민은 창밖을 쳐다보며 지금은 업무 중이라 자리를 비울 수 없다고 단호하게 말한다. 그리고 경찰의 대답을 듣기도 전에 자신이 보고 들은 것을 그대로 반복한다.

"아침운동을 하느라 아파트 주변을 걷고 있었는데 트럭 한 대가 가만히 다가와 도로변에 멈추더라고요. 저는 무슨 일인가 하고 걸음을 늦췄어요. 그때 트럭 창문 틈으로 긴 막대 같은 것이 삐죽 솟아 나오더니 갑자기 '땅' 하는 총소리가 들렸어요. 잠시 후 트럭에서 한 남자가 내려 무언가를 집어 올리는가 싶더니 다시 차를 타고 가버렸어요. 트럭이 사라지고 총소리의 여운이 가시기도 전에 또 그렇게 총소리가 여러 번 더 들렸어요."

지민은 같은 말을 두 번씩이나 반복하고 있자니, 사실을 말하면서도 마치 상상 속의 일을 꾸며대고 있는 듯한 착각이 든다. 하지만 사실이다. 분명히 그녀가 보고 들은 사실이었다. 총소리가 귓가에 울렸을 때 지민은 누군가의 쉰된 비명 소리를 들은 것 같아 그 자리에 우뚝 멈춰 섰다. 총소리는 그녀를 향한 듯 위협적이었고, 성난 군중들의 고함소리 같기도 했다. 지민은 다시 한번 호흡을 가다듬었다. 총소리의 출처는 반드시 알아야만 했다. 그녀는 아침부터 아파트 주변에서 난데없이 왜 총을 쏘아댔는지 알고 싶었고, 왜 자신이 그런 공포를 느껴야 했는지 짚고 넘어가야겠다고 생각했다. 경찰은 좀 더 자세히 알아보겠다며 전화를 끊는다. 경찰과 통화가 끝났을 땐 이미 점심시간이 지나 있었다.


　　오리5 − 숲속터널은 얼마나 가야 있는 거지?

　　오리3 − 휴우. 난 더 이상 못 가겠어. 집에 가고 싶어.

　　오리2 − 다리도 아프고 목도 마른 걸.

　　오리4 − 난 너무 배고프단 말이야.

　　오리1 − 그렇다고 이제 와서 돌아갈 순 없어.

　　오리3 − 왜 안 된다는 거야?

　　오리1 − 여기까지 와서 그만 둔다고?

　　오리2, 3, 4 − 우리는 돌아갈래.

　　오리5, 6, 7 − 나도 나도 돌아갈래.

　　오리1 − 안 돼! 여기서 그만두면 안 돼!

　　오리4 − 왜 안 되는데?

　　오리1- 왜냐고? 너희들은 진짜 숲속터널을 보고 싶어했잖아!


　　잠깐, 잠깐! 오리8! 너 왜 아무 말도 안하니? 대사 까먹었니? 오리 8은 대사를 해야 할 지점에서 아무 말도 없이 멍하게 서 있다. 선생님, 배 아파요. 머리도 아프고요. 오리8은 두 손으로 배를 움켜쥐고 얼굴을 찡그린다. 지민은 가장 어린 오리8 때문에 신경이 곤두선다. 별 역할도 없는 이 아이 때문에 연극 연습이 자꾸만 끊겨버린다. 지민은 더 이상 참지 못하고 뾰족한 말이 툭 튀어나온다. 오리8! 내일이 발푠데 이렇게 연습해서 언제 끝나겠니. 엉? 도대체 너 때문에 연극이 안 되잖아, 연극이! 갑자기 교실 안이 전기에 감전된 듯 침묵에 휩싸인다. 오리8은 지민의 날선 목소리에 놀라 입을 삐죽거리다 우왕, 하고 울음을 터뜨린다. 연극 연습에 지친 아이들은 한꺼번에 혼이라도 난 듯 시무룩한 표정이다. 오리1이 제 동생을 끌어안으며 눈물을 닦아준다. 다른 아이들도 오리8과 오리1의 둘레로 다가선다. 슈렉이 자리에서 일어나 입술을 씰룩대며 아이들에게로 가려다 멈칫한다. 지민은 곧바로 후회가 밀려왔지만 바로 수습하기는 어쩐지 어색하다. 잠시 숨을 고르고 슈렉에게 도움을 청한다.

"정 샘, 얘들 좀 데리고 십 분만 놀다가 들어와줘요. 딱 십 분이에요!"

아이들이 나가고 지민은 자신이 오늘따라 너무 예민하다는 것을 느낀다. 연극 발표 때문인가 생각하면 꼭 그것만은 아닌 것 같다. 그녀를 주시하는 원장에게 인정을 받고 싶지만 그것이 자신을 몰아치는 원인이 되진 않았다. 슈렉 때문인가?

아님 거북이? 말도 안 된다고 지민은 웃어버린다. 도대체 그 사람들이 뭐라고. 하지만 그녀를 옥죄는 갈급함에서 자유롭지 못한 건 사실이었다. 언제부턴가 아이들과 그녀 사이에 생긴 약간의 균열을 그녀도 모르지 않았다. 감지하지 못했다면 그 건 일부러 그 사실을 인정하고 싶지 않기 때문일 것이다. 아 이들은 그녀보다 슈렉을 더 따르는 것 같았고, 지민을 잘 따 르게 하기 위해 위엄과 절도를 보이면 보일수록 아이들은 더 멀어지는 듯했다. 지민 안에 있던 무언가가 자꾸 사라지는 것 같았다. 무엇보다 아이들에게 미안했다.

지민은 머리를 어지럽히는 생각들을 물리치려 물을 한 잔 마시려는데 전화가 걸려온다. 조금 전 그 경찰이다. 경찰은 조사 결과 아침에 총소리를 들은 사람을 만났다고 한다. 하지 만 총소리는 단 한 번뿐이었고, 그 소리가 꼭 총소리라고는 장담할 수 없다고 했단다. 그럼 더 조사를 해보시든가요. 지 금 그거 알려주시려고 전화하신 거예요? 경찰은 조금 귀찮다 는 목소리로 말한다. 아니, 뭐 그다지 큰일은 아닌 것 같다는 생각이 들어서 말입니다. 네? 큰일이 아닌 것 같다고요? 아침 부터 총소리가 아파트 근처에서 났는데 그게 큰일이 아니에 요? 한 번도 아니고 여러 번이나 났는데요? 지민은 저도 모르게 목소리가 높아진다. 아니, 좀 과민하신 거 아닌가 해서요. 총에 맞아 다쳤다는 신고도 없고 말입니다. 뭐라고요? 지민의 목소리가 신경질적으로 변한다. 아, 아닙니다. 다시 더 알아보고 전화 드리겠습니다. 당연히 그래야죠. 흐지부지해버리면 끝까지 전화할 거예요. 지민은 다부지게 말을 맺고 전화를 끊는다.

지민은 갑자기 맥이 풀린다. 아이들 연극 연습만도 머리가 무거운 데 아둔한 경찰까지 상대하자니 머릿속이 복잡하다. 지민은 연극연습을 서둘러야겠다고 생각한다. 시계를 보니 벌써 약속한 시간보다 5분이나 지났다. 슈렉은 또 아이들과 노느라 약속시간을 잊은 모양이다.


지민은 아이들을 불러들이려 교실 밖으로 나간다. 이번만큼은 더 이상 봐주지 않으리라 마음을 다잡는다. 하지만 놀이터는 텅 비었고, 아이들은 보이지 않는다. 지민은 눈에 힘을 주고 다시 살펴보지만 아이들은 놀이터 어디에도 없다. 지민은 가슴이 철렁 내려앉는다. 어디로 간 거지? 내가 분명 10분만 놀다 오라고 했는데, 제멋대로 다른 놀이터로 건너간 걸까? 지민은 곧바로 슈렉에게 전화를 건다. 슈렉은 전화를 받지 않는다. 거북에게도 걸어보지만 마찬가지다.

지민은 서둘러 다른 반 교실로 가본다. 모두들 연극 연습에 열심이다. 지민은 난감한 표정을 감추고 원장실 앞을 지나간다. 원장은 오늘 중요한 회의가 있어 종일 자리를 비운다고 했던가. 지민은 다시 교실로 돌아와 교실 안을 둘러본다. 아이들이 혹, 지민을 놀리려 숨어 있는 건 아닐까 생각해본다. 그렇다면 그건 누가 선동했을까. 오리8과 오리1 형제가? 단지 조금 혼낸 걸 가지고? 지민은 고작 예닐곱 살 아이들을 상대로 그런 의심을 갖는 자신에게 웃음이 난다. 그럼 슈렉과 거북이? 지민은 떠오르는 갖가지 생각들로 마음이 어지럽다. 지민은 화장실에서 주방으로, 놀이방과 창고로 숨이 차도록 뛰어다닌다. 하지만 어디에도 아이들은 없다. 지민은 혹시나 하는 생각에 옥상까지 올라가보지만 역시 그곳에도 아이들의 모습은 보이지 않는다.

　옥상에서 내려다보니 놀이터에 한 아이가 모래 놀이를 하고 있다. 한걸음에 내려와 살펴보니 6살 반의 지능이 조금 모자라는 아이다. 연극 연습에서 제외되었거나 선생님이 바쁜 틈에 몰래 나와 노는 것일 수도 있다. 하지만 지민은 지푸라기라도 잡는 심정으로 아이에게 묻는다.

　"너, 혹시 별님 반 형과 누나들 못 봤니?"

아이는 멍한 표정으로 지민을 쳐다본다. 한쪽 입가에 모래가 묻어 있고 머리엔 흙먼지가 뽀얗게 앉아 있다.

"너, 별님 반 형과 누나들 못 봤어? 슈렉 샘하고 거북이 아저씨는?"

지민은 조급한 마음에 아이를 다그친다. 하지만 아이는 지민의 물음에는 대답할 생각도 않고 파란색 플라스틱 삽을 모래 속으로 찔러 넣는다. 어휴. 지민은 답답한 마음에 한숨을 내쉬며 일어선다.

지민은 가슴이 뛰고 입안이 마른다. 조급함에 무얼 먼저 해야 할지 판단이 서질 않는다. 이제 잠시 후면 수업시간도 끝인데, 연극 연습은커녕 아이들이 모두 사라져버렸으니 어찌해야 할지 막막하기만 하다. 하지만 지금 이 문제를 다른 반 선생님과 상의하고 싶지는 않다. 원장에게 통보하는 건 더욱 안 될 일이다. 원장은 지민이 매사에 정확하고 빈틈이 없다며 칭찬하지만, 만약 그녀가 문제를 일으킨다면 마냥 관대하지만은 않을 것이다.

지민은 다시 슈렉과 거북에게 전화를 걸어본다. 불통이다. 두 사람이 연극 연습에 지친 아이들을 구한답시고 제멋대로 어딘가로 갔을 거란 생각에 지민은 화가 난다. 이러다 정말 늦게까지도 아이들이 돌아오지 않는다면 경찰에 신고를 해야 할지도 모른다. 지민은 자신이 이 문제로 인해 추궁을 받다 해고를 당하는 끔찍한 생각까지 든다. 지민이 이런 저런 고민에 골똘해 있을 때, 모래를 파고 있던 아이가 혼잣말처럼 작은 소리로 중얼거린다.

"떠널 차아 가떠요."

"뭐라고?" 지민은 아이를 휙 돌아보며 묻는다.

"떠널 차아 가떠요. 떠널 떠널."

"터널? 무슨 터널?"

아이는 대답은 않고 멍하니 지민을 쳐다본다.

"언제 갔어? 누가 그랬어? 니가 직접 들었니?"

지민은 아이의 어깨를 흔들며 다급하게 묻는다. 아이는 금세 겁먹은 표정을 짓는다.

"다시 말해봐. 정말 터널 찾으러 간다고 했어? 어느 쪽으로 갔는데?"

아이는 이제 곧 울 것만 같다. 지민에게 잡힌 어깨를 비틀며 빠져나가려 애를 쓴다. 지민은 아이를 놓아주고 허탈한 심정으로 교실로 돌아온다.


아이들이 없는 교실은 다른 반 교실처럼 낯설게 느껴진다. 지민은 서늘한 기운이 감도는 교실을 멍하니 바라보다 한

숨을 길게 내쉰다. 유치원교사 자격증을 따고 취업준비에 한 창일 때 지민은 매일 밤 아이들과 하고 싶은 일들을 머릿속에 그려보느라 밤잠을 설치곤 했다. 아이들과 매일 숲속을 산책하고, 놀이터에서 함께 뒹굴며 노는 꿈을 꾸었다. 참매미와 고추잠자리, 접시꽃과 떡갈나무들의 이름을 가르쳐주고 싶었다. 마침내 유치원에 들어와 아이들과 숲으로 산책을 가게 되었을 때 지민은 아이들처럼 들뜨고 흥분했었다.

지민은 천천히 한숨을 내쉬다 탁자 위에 펼쳐진 연극대본으로 시선이 가 닿는다. 아이들이 들어오면 연습할 부분이 펼쳐져 있다. 아이들이 실수를 연발해 연습이 필요한 부분이었다. 지민은 빠르게 대본을 훑어본다.


오리3 — 왜 이렇게 깜깜해?

오리2 — 아무것도 안보여.

오리5 — 이상한 냄새도 나는 걸?

오리3 — 빨리 나가지 않으면 무너질지도 몰라.

오리2 — 누가 나가는 길 좀 찾아봐.

오리5 — 어디로 나가야 되지?

오리6, 7, 8 — 무서워 죽겠어.

오리4 — 터널엔 왜 오자고 한 거야?

오리3 - 너 때문이야.

오리6, 7, 8 - 맞아. 맞아.

오리2 - 모두가 너 때문이라고!

(5초간 쉬었다가)

오리1 - 쉿! 얘들아, 무서워하지 말고 잠깐만 있어봐. 우리가 해냈잖아. 우리가 드디어 숲속터널을 찾아왔잖아!


지민은 대본을 덮고 고개를 든다. 아무래도 아이들에게 무슨 일이 생긴 것만 같다. 이대로 앉아서 기다릴 수만은 없다. 그녀는 주변 공원이라도 뒤져볼 생각에 교실 밖으로 뛰쳐나간다.


날씨가 쌀쌀해진 탓인지 공원엔 사람들이 별로 없다. 운동기구들과 나무벤치 몇 개만 드문드문 놓여있다. 아이들이 놀다 간 흔적인지 모래놀이터엔 짓뭉개진 꽃잎과 도토리, 나뭇잎들이 흙속에 섞여 있다. 지민은 공원을 거쳐 야산 쪽으로 발길을 옮긴다. 슈렉과 아이들이 이곳으로 산보를 온다는 소리를 들었지만 지민이 와보기는 처음이다. 공원 옆으로 이어진 작은 야산으로 들어서자 인근 주민들이 갈아놓은 듯한 텃밭이 보인다. 텃밭 가장자리로 장맛비에 쓰러진 나무기둥들이

널려 있고, 그 나무기둥을 넝쿨 잎들이 갈퀴손처럼 억세게 덮고 있다. 지민은 조금 으스스한 기분이 든다. 시계를 보니 3시가 훌쩍 지나 있다. 야산은 밖에서 보기와는 다르게 음습하고 어둡다.

지민은 이곳에 온 이후로 한 번도 아이들을 데리고 숲에 와본 적이 없다. 위험하다고 생각되는 곳엔 절대로 아이들을 데려가지 않았다. 그녀에게는 아이들의 안전이 최우선이다. 무엇보다 부모들이 걱정하는 일은 절대로 하지 않는 것을 철칙으로 삼아왔다. 아이들의 모험심과 호기심을 충족시켜주는 건 연극 같은 데서나 가능한 일이라고 생각했다. 어디선가 산새 소리가 들리고 주변이 어두워지는 것만 같다. 지민은 아무래도 돌아가는 것이 좋겠다고 생각한다. 수업이 끝날 때까지는 15분 정도를 남겨두고 있다. 아이들에게 혹 사고가 일어난 건 아닐까 생각하자 지민은 가슴이 뛰기 시작한다. 손발까지 바르르 떨려온다. 지민에게 사고란 절대로 일어나선 안 되는 일이었다.

지민은 마음이 조급해온다. 밖으로 나가는 길을 찾아 걸음을 재촉한다. 쓰러진 나무 넝쿨을 헤치고 오솔길처럼 닦인 길을 따라 부지런히 발걸음을 옮긴다. 움푹 파인 웅덩이에 다리가 빠져 넘어질 뻔하다 간신히 일어선다. 그런데 왠지 아까부

터 똑같은 텃밭 주위를 계속 맴돌고 있는 것만 같다. 이마에
는 땀이 맺히고 등줄기로 서늘한 기운이 몰려온다. 지민은 왜
자신이 이런 상황에 처해 있는 건지 알 길이 없다. 두려움이
가슴 한쪽에서 몸 전체로 퍼져가고 있다. 무엇에 대한 두려움
인지 그 실체를 가늠할 수조차 없다. 마치 언젠가 이런 곳에
왔었던 것만 같다. 지민의 맥박이 빠르게 뛰기 시작한다.

　수 년 전, 지민은 아이들과 숲으로 산책을 나갔던 날에 한
방의 총성처럼 고막을 찢을 듯 한 아이의 비명소리를 들었다.
사고는 한 아이가 지민 몰래 나무에 올라갔다 떨어지면서 벌
어진 일이었다. 나무에 올라갔던 아이가 딛고 선 나뭇가지가
부러지면서 나뭇가지의 끝이 아이의 눈을 찌르고 말았다. 아
이의 비명소리가 온 숲을 뒤흔들고, 주변에 있던 아이들이 놀
라서 울며 소리쳤다. 전화기를 들고 다급하게 외쳐대던 그녀
의 목소리, 천지를 뒤흔들듯 달려오던 구급차 소리. 아이는
수차례의 수술에도 불구하고 시력을 잃고 말았다. 모든 책임
은 지민의 몫이었다. 어떤 사과와 보상으로도 아이와 아이 부
모의 상심을 달랠 수는 없었다. 원장과 학부모들의 질타와 원
성이 끊이질 않았다. 사람들의 계속되는 질시와 추궁, 만천하
에 그녀의 신상이 공개됐다. 지민은 수 년 동안 아무 것도 할
수 없었다. 무엇보다 아이를 지키지 못했다는 죄책감에 시달

렸다. 무슨 일이든 해보려 다른 일을 찾았지만 손에 잡히지 않고 더 무력해지기만 했다. 그녀의 머릿속엔 언제나 그녀를 따르던 아이들의 해맑은 눈빛만 떠올랐다. 아이들은 그녀가 사회에 나와 처음으로 맺은 가족 같은 관계였다. 지민은 아이들이 좋았고, 아이들과 있으면 더 이상 외롭지 않았다. 매일 매일 아이들의 웃음소리를 들으면서 살고 싶었다. 다시 아이들에게로 돌아가고 싶었다. 그 곳 말고는 돌아갈 곳이 없었다.

지민은 더듬더듬 휴대폰을 꺼내든다. 설상가상으로 휴대폰의 배터리가 2퍼센트밖에 남지 않았다는 경고가 뜬다. 이런 순간 누구에게 도움을 청해야 할지 알 수가 없다. 주머니에 휴대폰을 집어넣는데, 갑자기 눈앞에 개 한 마리가 나타났다. 유기견처럼 거리를 헤매다 산속으로 들어온 개처럼 보인다. 개는 본래의 색은 알 수 없고 흰색과 잿빛 중간쯤의 색을 띠고 있다. 개를 본 순간 지민의 온몸에 소름이 돋는다. 지민은 본능적으로 눈앞에 있는 나무 막대기를 주워 들고 개를 향해 공격적으로 휘두른다. 하지만 개는 좀처럼 자리를 뜨려 하지 않는다. 사람을 두려워하지 않고 그저 그녀의 움직임을 주시할 뿐이다. 막대를 잡은 두 손에 더욱 힘을 준다. 잠시 그렇게 개 한 마리와 대적하고 있을 때, 어디에 숨어 있었는지 다시 또 네 마리의 개가 다가온다. 개들은 마치 먹이를 찾아 오랫동안 산길을 헤맨 듯 거칠고 사나워 보인다. 지민은 머리칼이 곤두서면서 손발이 후들후들 떨려온다. 그녀는 엉겁결에 나무 막대기를 하나 더 주워들고 양손으로 마구 휘젓는다. 개들은 그녀에게 섣불리 달려들지 않지만, 적당히 떨어진 거리에서 계속해서 그녀를 주시한다.

주머니 속의 휴대폰이 울린다. 지민은 흠칫 놀라 몸을 떤다. 휴대폰 소리가 계속해서 울리지만, 그녀는 양손으로 막대기를 잡고 있어 전화를 받을 수가 없다. 하지만 어떡하든 전화를 받아야겠다고, 이 상황에서 벗어나려면 전화를 받아야만 한다고 생각한다. 지민은 가만가만 막대기를 한 손에 모아 쥐고 다른 손으로 핸드폰을 꺼내든다. 그녀가 여보세요, 라고 말을 꺼내기도 전, 귓가에 커다란 음성이 들려온다.

"찾았어요! 찾았어요! 총소리의 출처를 찾아냈습니다!"

그 경찰관이다. 지민은 말을 해보려 하지만 입만 뻥긋거릴 뿐 목소리가 나오지 않는다.

"그 총소리의 출처를 찾아냈다고요. 요즘 그 아파트 주변에 까치들이 전선들을 갉아 대서 누전 사고가 많았답니다. 그래서 전기 안전공사에서 사람을 고용해 까치들을 잡아들이게 했답니다!"

지민은 이유를 듣고도 목소리가 나오지 않는다. 까치라니, 허탈한 느낌마저 든다. 아니, 그렇다고 안내방송 하나 없이 총질을 그렇게 해대나요? 아파트 부근에서 새들을 그렇게 함부로 잡아도 되는 거예요? 법에 어긋나는 일 아닌가요? 다른 때라면 지민은 이렇게 말했을 것이다. 하지만 지금은 그런 걸 따질 때가 아니다. 입에서 말이 나오는 순간, 유기견들이 그녀의 주위로 포위망을 좁혀올 것만 같다. 마치 어떤 목적이 있기라도 하듯 집요한 눈빛이다. 그녀는 온몸이 경직된 듯 조금도 움직일 수가 없다. 지민은 이곳까지 온 것을 후회했지만 후회한들 소용없는 일이다. 경찰의 목소리가 끊겼다 이어지기를 반복하는 동안, 도움을 청해야겠다는 생각은 간절한데 입이 떨어지지 않는다. 지민은 간신히 소리를 내어본다.

"도, 도와주세요! 도와주세요!"

하지만 지민의 목소리는 작고 희미하기만 하다.

"뭐라고요? 잘 안 들립니다. 큰 소리로 말씀해보세요!"

경찰은 알아들을 수가 없다며 다시 한번 말해달라고 재촉한다. 지민은 목소리를 내는 일이 마치 무거운 납덩이를 혀로 들어 올리는 것만큼이나 힘에 부친다. 게다가 두 눈은 눈앞에 있는 개들의 움직임을 주시하느라 목소리를 내는 일이 쉽지 않다.

"여보세요! 여보세요!"

경찰은 지민의 응답을 기다리고 있다.

"개, 개요. 여기 개가 있다고요. 한 마리도 아니고 여러 마리가……."

지민의 목소리는 두려움에 짓눌려 입안에서만 맴돈다.

"뭐라고요? 다시 한번 말씀해보세요. 안 들립니다!"

경찰은 반복하여 소리친다. 하지만 그 목소리조차 끊어질 듯 이어지다 아예 끊겨버린다. 핸드폰의 불빛도 까맣게 꺼져버린다. 순간 지민은 눈앞이 깜깜해지며 막대기를 들고 있는 두 손이 심하게 떨린다. 어디서 길을 잃은 것인지, 아이들은 모두 어디로 갔는지, 시간은 도대체 얼마나 흐른 것인지 아무것도 알 수가 없다. 지민은 마치 컴컴한 터널에 갇힌 사람처럼 아무것도 할 수가 없다. 그저 막대기를 두 손에 움켜쥔 채, 자신을 노려보고 있는 개들과 언제까지고 맞서 있을 뿐이다.

딱따구리

일요일 아침, 우재가 문득 산꼭대기를 가리키며 가보자는 말을 꺼냈다. 산이라는 말에 민규와 태주는 일제히 산을 바라보았다. 산은 집 안 거실에서도 빤히 보일 만큼 가까이 있었지만, 그들 중 산꼭대기에 올라가본 사람은 아무도 없었다. 딱히 어떤 이유가 있는 건 아니었다. 그들 모두 게을러서이기도 했고, 산이 항상 거기 있어서이기도 했을 것이다. 산중턱부터 꼭대기까지 희끗희끗 눈이 쌓여 있었다. 가고 싶지 않다는 핑계를 대려면 댈 만큼의 충분한 양이었다. 쌀쌀한 밖의 기온과는 달리 실내는 따뜻했고, 아침 햇살이 거실 바닥으로 기분 좋게 들이치고 있었다.

"너희들 딱따구리 본 적 있어?" 우재가 민규와 태주를 향해 물었다. 두 사람은 어깨를 으쓱하며 별 반응을 보이지 않았다.

"어떤 부부가 저 앞산에서 딱따구리를 봤다 하더라고." 우재가 앞산을 바라보며 말했다.

"산에 가자는 이유가 고작 그거야? 딱따구리 보러?"

태주의 물음에 우재가 고개를 끄덕였다.

"왜 굳이 저 산까지? 유튜브에 있는데."

"실제로 못 봤잖아. 딱따구리 같은 새는 흔하지도 않고." 우재가 여전히 앞산에 눈길을 둔 채 말했다.

"그렇게 못 본 걸 보러 가자 하면 나도 있어. 별똥별."

태주가 장난처럼 말하고 큭큭 웃었다.

"별똥별?" 민규가 물었다.

"엉. 책이나 영화에서 본 거 말고 진짜 별똥별."

태주는 심드렁한 표정으로 민규를 쳐다보았다.

"민규, 너도 말해봐. 실제로 보고 싶은 거 없어?"

민규는 언뜻 떠오르는 것이 없었다. 못 본 새로 치면 그 수를 헤아릴 수 없을 테고, 별똥별 같은 것도 마찬가지였다. 순간 퍼뜩 떠오르는 것이 하나 있었다.

"으음, 나무 쓰러지는 거."

민규의 말이 떨어지자 태주가 꼬리를 잡아 이제껏 보지 못한 것들을 서로 주워섬겼다.

"아, 나 해 뜨는 거 본 적 없다."

"난 매미 허물 벗는 거."

"난 아기 태어나는 거."

"난 사람 죽는 거."

"난 블랙핑크도 못 봤어."

태주가 마지막으로 덧붙이면서 킥킥거렸다. 두 사람이 장난처럼 말을 잇다보니 맨 처음 딱따구리를 보러 가자던 우재의 제안은 맥없이 무산되고 말았다. 그들은 다시 거실에서 텔레비전을 보며 시간을 보내기 시작했다. 리모컨을 들고 채널을 돌리던 태주가 멈춘 곳은 맛집 탐방 프로였다. 민규와 태주는 먹성 좋은 연예인들을 부러운 듯 바라보며 입맛을 다셨다. 그사이 우재는 컴퓨터 앞에 앉아 딱따구리에 대한 검색을 시작했고, 민규와 태주는 그쪽으로 눈길을 한 번 힐끗 보냈을 뿐이었다. 그럼, 나 혼자 간다. 얼마 후 우재가 불쑥 일어나 점퍼를 걸쳐 입고 현관문을 나설 때, 민규와 태주는 놀란 눈으로 그를 쳐다보기만 했다. 우재가 빠져나간 자리는 오래전부터 있던 가구가 치워진 것처럼 허전해 보였다.

"아, 같이 갈걸 그랬다. 할 일도 없었는데."

우재가 나간 지 10분쯤 지났을 무렵 민규가 말했다.

"그래도 그건 아니야. 지금 날씨가 얼마나 추운데."

태주가 입안 가득 식빵을 넣은 채로 우물거렸다. 텔레비전 화면에는 한 남자가 입이 미어지도록 고기쌈을 욱여넣고 우적거리고 있었다. 민규는 괜스레 기분이 나빠졌다. 이러고도 세 사람이 일 년 동안 같이 산 룸메이트라 할 수 있나 하는 생각이 들었다.

"넌 살면서 지금까지 별똥별도 못 봤냐?"

민규는 우재를 혼자 가게 한 것이 태주의 잘못이기라도 한 듯 말이 퉁명스럽게 나왔다.

"너는 뭐, 나무 쓰러지는 거 봤냐?" 태주도 지지 않았다.

두 사람은 티격태격 입 싸움을 계속하다 거실 창가로 시선을 던졌다. 마치 거기 어디쯤 우재가 걸어가는 것이 보이기라도 할 것처럼. 하지만 400여 미터 높이의 산자락 어디에도 우재의 모습은 보이지 않았다.


우재는 아파트 뒷길을 따라 산길로 접어들었다. 이사를 와서 계절이 세 번 바뀌는 동안 한 번도 오지 않았던 산이다. 초록으로 우거진 산이 마른 갈색 빛으로 뒤덮일 때까지 그저 눈으로만 좇았다. 주중엔 야근이 많았고, 주말엔 밀린 빨래

와 청소, 모자란 잠을 보충하기에도 부족했다. 산으로 들어가는 초입부터 눈발이 날리기 시작했다. 그는 점퍼에 달린 모자를 덮어쓰고 다시 발걸음을 떼었다. 마치 그의 입산을 환영하듯 어디선가 높고 경쾌한 새소리가 들렸다. 멧샌가? 그는 고개를 갸웃하며 주변을 두리번거렸다. '그건 곤줄박이지.' 어디선가 엄마가 웃으면서 말하는 목소리가 들린 듯했다. 엄마는 새들의 노랫소리만으로도 그 이름을 알았다. 도시로 온 지 10여 년, 이제 그가 구별할 수 있는 새소리는 까치나 까마귀류가 다였다. 그는 다시 주머니에 손을 넣고 발걸음을 내디뎠다. 눈발은 그의 얼굴을 때리고 바람에 날려 흩날리다 길 가장자리에 먼지 묻은 솜처럼 뒹굴었다. 그는 늘 입고 다니던 오리털 점퍼에 트레킹화 차림이었다. 집에서 나올 땐 동네 뒷산쯤이야 이 정도로 충분하겠다 싶었지만 눈이 계속해서 내린다면 어떨지 조금 걱정이 됐다. 민규와 태주는 그에게 매일 똑같은 외투만 입고 다닌다며 그의 무신경함을 질책했지만 그에겐 여벌의 겨울 외투를 장만할 마음도, 그럴 만한 여유도 없었다.

우재는 발을 굴러 신발에 엉겨 붙은 흙과 눈을 털고 걸음을 재촉했다. 거실에서 보았을 때 앞산이 바로 코앞이었는데 걸어보니 만만치 않은 거리였다. 사람들의 발길이 다져놓았음

직한 좁은 길이 눈앞에 나 있었다. 눈이 와서 그런지 등산객들은 거의 보이지 않았다.

산길 초입에 들어서 10분쯤 올라가니 웬 남자가 고물 더미 위에서 고철들을 정리하고 있었다. 고장 난 전기밥솥과 휘어진 의자, 아이스박스 같은 고물들이 천막 밖으로 흉물스럽게 빠져나와 있었다. 마르고 병색이 짙은 남자의 얼굴은 고단하고 지쳐 보였다. 피부병을 앓는지 털이 숭숭 빠진 늙은 개한 마리가 눈을 맞으면서도 주인 곁을 지키고 있었다. 마치 서로가 아니면 기댈 곳이 없는 관계처럼 굳게 묶여 있는 것 같았다. 우재는 물끄러미 그 모습을 쳐다보다가 불쑥 이 산에 딱따구리가 있느냐고 물었다. 남자는 듣지 못했는지 고물들에만 열중했다. 멋쩍어 돌아서려는데 그제야 남자가 한마디를 툭 내뱉었다. "소리는 들립디다!" 그는 반가움에 남자를 향해 고개를 꾸벅해 보이고 산길로 향했다.

우재는 며칠 전 점심시간을 틈타 친구 아내의 병문안을 갔었다. 그녀는 반년 전 이사한 새집에서 보았던 생기 있는 얼굴이 아니었다. 화장기 없는 얼굴에 화색이라곤 없이 눈자위가 푹 꺼지고 볼이 패여 있었다. 췌장암이라고 했다. 그녀는 병상에 누워 '오셨어요', 하면서 희미하게 웃었다. 6인실 병동의 침상마다 한두 명의 방문객이 와 있어 병실 안은 어수선

했다. 우재가 도착했을 때, 먼저 와 있던 방문객이 분위기를 돋우려 무슨 얘기인가를 하고 있었다. 방문객은 북태평양에 산다는 세상에서 가장 외로운 고래 얘기를 하는 것 같았다. "일반 고래나 대왕고래는 12에서 30헤르츠 주파수로 의사소통을 하는데, 그 고래는 52헤르츠의 높은 주파수로 노래하니까 다른 고래들과 의사소통이 불가능하대요. 수컷인지 암컷인지 혼자인지 여러 마리인지도 아직 밝혀지지 않았고요."

우재는 왠지 끝까지 듣고 있기가 거북했다. 무엇보다 병문안을 와서 할 얘기는 아니라는 생각이 들었다. 방문객의 이야기를 듣는 동안 우재는 친구의 아내가 방문객을 귀찮아하진 않을까 마음이 쓰였다. 그녀는 우재가 남편의 초등학교 동창이라는 이유만으로 언제나 살갑게 대해주던 여자였다. 우재는 세상에서 가장 외로운 고래 얘기를 들으며 힘겹게 웃고 있는 그녀를 보는 것이 고역처럼 느껴졌다. 하지만 그는 자신이 고래 이야기를 들려주던 방문객에도 훨씬 못 미치는 사람이란 걸 병원을 나서면서야 깨달았다. "요즘은 의술이 좋아서 다들 고친다더라." 친구의 처진 어깨를 토닥이며 그가 한 말이라곤 그런 뻔하디 뻔한 위로의 말뿐이었다.

"우재 요즘 좀 이상하지 않아?"

태주가 식빵을 뜯어 먹으며 물었다. 민규는 대답 없이 그저 어깨를 한 번 추어올렸다. 그들이 룸메이트로 지내오는 동안 우재가 특별히 문제가 된 적은 없었다. 태주는 입에 든 식빵을 급히 씹어 삼켰다.

"며칠 전에 우재가 티브이 보고 있길래 나도 같이 봤지. 어미 잃은 야생 노루새끼 한 마리가 아무것도 먹지 않고 두리번거리면서 농장 주변을 방황하더라고. 농장주인 남자가 가만히 지켜보다 무 같은 야채조각들을 멀찍이 갖다줬어. 그 노루새끼는 사람을 경계하면서 거들떠보지도 않더니 하루쯤 지나니까 무를 먹기 시작해. 그러면서 차츰 기력을 찾더니 어느 날부턴가 다른 노루무리들 뒤를 졸졸 쫓아다니더라. 그 모습을 보고 농장남자가 그러는 거야. 쟤는 살았다고, 저놈은 이제 죽지 않고 살아갈 거라고.

태주가 침을 꿀꺽 삼키며 다시 말했다.

"근데. 그때 우재가 갑자기 눈물을 닦는 거야. 어떻게 하나 하고 있는데, 우재가 눈물이 주체가 안 되는지 벌떡 일어나 화장실로 가더라고. 그렇게 울 만한 대목이 아닌데. 우재, 혹시 무슨 일 있는 거 아니지? 여자친구한테 차였다든가."

태주는 우재를 걱정하는 건지 조롱하는 건지 모를 투로 말했다.

"여자친구가 있기나 하고?"

민규는 가볍게 웃어넘겼지만 혼자만의 기우는 아닌 것 같았다. 우재가 요즘 들어 이상해 보인 건 사실이었다. 가끔씩 혼잣말을 중얼거리거나, 혼자만의 세계에 빠져 있는 사람처럼 엉뚱한 이야기를 꺼내기도 했다. 모르는 사람이 보면 어딘가 모자란 구석이 있다고 오해할 만큼.

"근데 우재는 왜 회사 그만두고 싶다는 거야?"

태주가 티브이에 눈을 고정한 채 물었다.

"나도 모르겠다. 속 얘기를 잘 안 해서."

"나처럼 집에서 작업하면서 벌어먹기 쉽지 않은데. 모아둔 돈이 많으면 모를까."

태주는 게임관련 업체에서 일을 하청 받아 하고 있었다. 민규는 지나치게 현실적인 태주의 말투가 거슬렸다.

"저번 주에는 심마닌가 뭐 약초 캐는 사람 따라다니고 싶다 했잖아."

"꼭 되겠다는 말투는 아니었어."

민규는 우재를 변호하듯 말했다.

"하여간 딱따구리나 심마니나 그게 그거지 뭐."

태주가 다 비운 식빵 봉지를 구기며 말했다. 그리고 두 손을 탁탁 털며 일어나 냉장고로 걸어갔다.

"아니, 우주여행도 가는 시대에 약초 캐는 심마니가 되겠다는 게 말이 돼?"

민규는 태주의 말투가 계속해서 거슬렸다. 태주는 어느새 냉장고에서 꺼내 온 아이스크림통의 뚜껑을 열려들었다.

"그거 우재 거 아냐?"

"야, 이거 사논 지 이 주도 넘었어."

태주는 아이스크림을 퍼먹으려 숟가락을 들었다. 그러나 민규의 표정이 좋지 않자, 두 손을 들어 올리고 아이스크림을 다시 냉장고에 집어넣었다. 알았어. 알았다고! 태주는 식탁 위에 숟가락을 내려놓고 제 방으로 들어가버렸다.

태주는 게임을 할 게 분명했다. 결혼도, 집도 포기했다는 태주는 게임을 위한 최적의 공간으로 꾸민 제 방을 끔찍이도 아꼈다. 그 방으로는 아무도 들이지 않았다. 언젠가 태주가 술에 취해 난동을 부리던 날, 민규도 딱 한 번 들여다본 게 다였다. 어? 눈이 오네! 민규가 산 쪽을 쳐다보며 말했다. 거실 창밖으로 눈발이 흩날리고 있었다. 겨울 들어 두 번째 내리는 눈이었다. 며칠 전 내린 첫눈은 내리는 시늉만 하다 멈추었다. 위험하다 싶으면 돌아오겠지, 어린애도 아니고. 민규는 우재가 걱정됐지만 해줄 수 있는 게 없어 불편한 마음을 잠시 접어두기로 했다. 흩날리다 말 것 같던 눈발이 조금씩 굵어지고 있었다. 이런 날씨에는 재난영화를 보는 것도 좋겠는걸. 민규는 거실 창밖을 힐끔 보곤 슬며시 방으로 들어갔다.

한낮인데도 눈이 오고 있어 사방이 희뿌옜다. 어디선가 뿌지직, 하는 소리가 연달아 들려왔다. 우재는 주위를 두리번거리며 나무들을 살폈다. 어쩌면 산속의 주변 나무들 중 한 그루가 쓰러지고 있는 건지도 몰랐다. 민규가 왔다면 좋았을 텐데. 우재는 민규가 나무 쓰러지는 걸 한 번도 본 적이 없다고 했던 것이 떠올라 혼자서 중얼거렸다. 그런데 정말로 나무가 쓰러진 건 아닌지, 내처 삐걱대던 소리는 어느새 사라지고 말았다.

우재가 민규의 제안으로 셰어하우스에 들어와 살게 된 건 오랜 자취생활에 지쳐갈 즈음이었다. 우재의 도시살이는 어언 10년에 이르렀지만, 준 만큼 받고 받은 만큼 돌려주는 도시의 계산법엔 아직도 서툴렀다. 민규는 언제나 우재에게 관심 있게 말을 걸어주었고, 생활에 유용한 정보들을 가르쳐주었다. 태주는 예민하고 성미가 급하긴 해도 같이 지내기에 까다로운 친구는 아니었다.

눈발이 흩날리고 있었지만 높이 솟은 나뭇가지 사이로 뿌연 하늘이 언뜻언뜻 얼굴을 내밀었다. 고등학교 졸업 후 도시로 올라와 여러 회사들을 전전한 시간들은 잿빛 물감만큼이나 어두웠다. 그가 한 일은 주로 몸을 쓰는 일이었다. 처음 들어간 박스 만드는 회사는 일이 몸에 익을 만했을 때 부도가 나 그만두었다. 두 번째 들어간 신발 공장에선 수시로 야근을 해야 될 만큼 일감이 많았고, 무거운 박스를 나르다 어깨를 다쳤는데 제대로 치료를 받지 못했다. 회사는 잘 돌아가는 것 같은데도 사장이 월급을 4개월씩 밀리며 주지 않는 바람에 일할 의욕이 나지 않았다. 동료들과 싸우며 버텼지만 회사가 문을 닫을 땐 결국 밀린 월급의 반밖에 받지 못했다. 그러다 들어온 데가 지금의 의료기구 회사였다. 규모는 작아도 사장이 직원들을 위하고 챙겨주어 꽤 오래 일할 수 있었다. 하지만 최근 사장이 바뀌면서 모든 상황이 변해버렸다.

뿌지지직, 삐거거걱. 다시 소리가 들려왔다. 딱따구리가 죽어가는 나무에만 구멍을 뚫는다는 것쯤은 우재도 알고 있었다. 방금 전 그 소리가 수명이 다한 나무에서 난 소리라면, 분명 이 근처 어딘가에 딱따구리가 있을 것 같았다. 하지만 그 소리는 사라지고 마른 나뭇잎들이 바람에 서걱대는 소리만 들렸다. 가늘고 키가 큰 나무들이 바람의 세기를 못 이겨 이리저리 흔들렸다. 우재는 고개를 젖혀 나무 위를 쳐다보다가 하마터면 뒤로 넘어질 뻔했다. 바로 눈앞에 비탈진 산길이 내려다보이자 머리털이 쭈뼛하고 섰다. 가슴이 쿵쿵대며 며칠 전 들었던 사장의 목소리가 귓가에 들려왔다. "월요일부턴 이제 우리 조카가 나올 거야." 알아서 그만두라는 건지, 해고를 당한 건지 도대체 알 길이 없었다. 그는 이 말의 뜻을 주말 내내 되새기다가 결국은 해고통보라는 걸 깨달았다. 모멸감에 손발이 부르르 떨렸다. 다시 그 순간으로 돌아가면 어떻게 대처해야 할까 곱씹고 또 곱씹었지만 묘안은 떠오르지 않았다.

얼마쯤 올라왔을까. 우재의 온몸에 땀이 배기 시작했다. 오랜만에 산을 올라서인지 심장이 마치 밖에서 뛰고 있는 것 같았다. 그는 숨을 고르며 걸어온 길을 내려다보았다. 마른 나뭇가지와 지나온 길 위로 하얀 눈이 내려앉고 있었다. 그는 무심코 주머니에 손을 넣었다가 핸드폰을 가져오지 않았다는 걸 깨달았다. 딱따구리를 보게 되면 찍어 가려 했는데, 잠시 허탈감이 몰려왔다. 하지만 이내 체념하고 부지런히 산 위쪽으로 발걸음을 옮겼다.

민규는 방 안에서 영화를 보다가 낮잠에 빠져들었다. 눈을 떴을 때 밖이 어두워지고 있었다. 거실로 나와 밖을 내다보니 아직도 눈이 내리고 있었다. 태주는 여전히 게임에 빠져 있는

지 방 안에선 이상한 괴성이 흘러나왔다. 민규는 퍼뜩 우재 생각이 났다. 딱따구리는 찾았나? 민규는 창밖의 산 쪽을 쳐다보며 걱정 어린 목소리로 중얼거렸다. 우재에게 전화를 해보려는데 그의 핸드폰이 거실 컴퓨터 책상 위에 놓여 있는 게 보였다. 컴퓨터를 보다 말고 바로 일어나 나간 것 같았다. 민규는 책상 앞으로 다가가 컴퓨터의 마우스를 슬쩍 건드려보았다. '딱따구리의 약속'이라는 유튜브 화면이 떴다. 재생버튼을 누르니 어미 새가 둥지에서 새끼들을 돌보는 장면이 나왔다. 먹이를 구하러 간 아빠 딱따구리를 기다리는 것 같았다. 무슨 일이 일어난 건지 아빠 새가 한참을 기다려도 돌아오지 않자, 어미 새가 할 수 없이 어린 새끼들을 남겨두고 먹이를 구하러 떠난다. 그사이 둥지를 노려보던 매가 새끼들을 잡아먹고 둥지는 텅 비어버린다. 민규는 깃털만 나뒹구는 어질러진 둥지를 보며 얼굴을 찡그렸다.

민규는 문득, 1년 전 이 집의 룸메이트를 구할 때 생각이 났다. 다니고 있는 전자회사 근처에 싼 집이 났다는 정보를 준 건 이직을 앞둔 직장 동료였다. 오래된 5층 꼭대기 층의 빌라는 계단을 올라야 하는 수고로움이 있지만 보증금도 적고 방이 세 개라 룸메이트를 구해 월세를 나눠 내면 좋을 듯싶었다. 카페에 글을 올리자 게임회사에 다닌다는 태주가 바로 연락을 해왔다. 우재가 문자를 보내온 것도 바로 그 즈음이었다.

민규는 우재가 덩치는 크지만 어딘가 우둔해 보이는 것이 만화 『요재지이』에 나오는 한 주인공을 닮았다고 생각했다. 친구들의 놀림감이 되기도 하지만 마음이 맑고 어질어 귀신과 친구가 되는 그런 주인공 같은. 어딘가 곰을 연상케 하는 우재의 굼뜬 말투는 어눌해 보이긴 해도 답답할 정도는 아니었다. 우재는 의료기구 납품업체에서 일한다며 자신을 소개했다. 재바르고 영민해 보이는 태주와 달리, 과묵한 성격에 웬만해선 먼저 말을 꺼내지 않았다.

세 사람은 잔금을 치르는 날에 다시 만났고, 나눠서 할 일과 지켜야 할 것들에 대한 약속을 정했다. 설거지나 청소, 쓰레기 버리기, 공과금 관리하기 등, 지켜야 할 세목들이 생각보다 많았다. 교대로 해야 할 것과 누군가 혼자 전담할 것들도 구분했다. 하지만 차츰 시간이 지나면서 많은 약속들이 제대로 지켜지지 않았다. 그래도 집 안은 제대로 돌아갔고 누구도 불편함을 느끼지 못했다. 그것은 누군가 다른 사람이 지키지 않은 약속들을 대신하고 있다는 뜻이기도 했다.

민규는 그 누군가가 우재란 것을 알고 있었지만, 그의 성품이 부지런한 탓이라고만 생각했다. 무엇보다 우재가 아무런

이의를 제기하지 않았고 생활은 그런대로 잘 굴러갔다. 민규는 마음 한쪽에서 약속을 다시 정비할 필요를 느꼈지만, 시간이 흐를수록 그런 감정은 우재가 그리 대단한 일을 하는 것도 아니라는 생각으로 변해갔다.

민규는 방에서 나와 설거지가 쌓인 싱크대 앞에 섰다가 귀찮은 생각이 들었다. 오늘 설거지가 누구 차례인지 기억할 수도 없었다. 우재가 없는 것이 왠지 아쉬웠다. 그는 거실 창밖을 쳐다보았다. 핸드폰도 두고 간 데다 눈발이 더 굵어지는 것을 보니 우재가 중간에 돌아올지도 모른다는 생각이 들었다. 마음속에선 우재가 그깟 딱따구리는 단념하고, 서둘러 돌아와 집 안을 말끔하게 정리해주었으면 하고 바랐다. 민규는 설거지를 미루고 소파에 앉아 텔레비전을 켰다.


우재는 벅차게 숨을 내쉬었다. 눈이 온 가파른 산길을 오르자니 숨이 턱턱 막혔다. 잠시 눈이 그치고 잿빛 하늘 사이로 해가 나왔다. 하지만 얼굴을 때리는 바람은 따갑도록 차가웠다. 눈밭으로 변한 산길을 트레킹화로 걷는 게 위험해 보였던 걸까. 장비를 제대로 갖춘 한 등산객과 마주쳤을 때, 등산객은 고개를 흔들며 그에게 우려의 눈빛을 보냈다. 우재는 미끄러지지 않으려 발끝을 땅에 박아 넣듯 힘을 주어 한 걸음

한 걸음씩 내디뎠다. 그렇게 걷다보니 얼마 후에는 온 발이 마비된 듯 아무런 감각도 느낄 수 없었다. 몇 시간째 산길을 걷고 있는지 시간 개념조차 희미했다. 허기와 추위로 몸을 가누기도 힘들었지만 머릿속은 이상하게도 명료해지는 기분이었다.

잠시 햇볕이 나온 사이, 작은 산새들 무리가 어디선가 푸르르 날아올랐다. 머리 위쪽과 목이 검고, 배 아랫면이 붉은 갈색을 띤 새들이 나무 사이를 부지런히 오가며 노래를 불렀다. 새소리는 가늘고 경쾌한 휘파람 소리처럼 들렸다. 동고비 같았다. 아니, 어쩌면 곤줄박이나 쇠박새일지도 몰랐다. 박새류의 새들은 크기도 색깔도 엇비슷해 구분하기가 어려웠다. 그는 새들의 분주한 날갯짓을 바라보다 찬 공기를 가슴 가득 들이마셨다. 오랜만의 산행은 무거웠던 머릿속 생각들을 모르는 사이 조금씩 덜어내주는 것 같았다.

다니던 의료기구 회사의 주인이 바뀐 건 한 달 전이었다. 전 사장이 새 업주에게 의료기구 회사를 넘기면서 숙련된 직원들을 그대로 승계하는 조건을 내걸었다. 하지만 직원들은 사장이 바뀌면서 새 직장을 찾아 떠났고, 생산과 회계, 주문 전화까지 두루 맡아하던 그만 그대로 앉아 새 주인을 맞았다. 새 사장은 들어와 이틀이 지나자 조카라는 남자를 데려와 그

에게 우재가 하는 일을 모두 가르쳐주라고 말했다. 처음에 그
는 아무것도 모르고 친절하게 모든 일을 가르쳐주었다. 그것
이 그를 자르기 위한 수순이었다는 것도 모른 채. 조카를 회
사로 데려온 날부터 사장은 조카와만 둘이서 점심을 시켜 먹
었다. 같은 사무실에 있는 그를 옆에 앉혀두고서. 사장이 바
뀌기 전엔 회사에서 밥을 사주었는데 새 사장은 점심에 대한
일절의 언급이 없었다. 우재는 자신이 마치 보이지 않는 인간
이 되어버린 기분이었다.

태주가 방에서 나오니 거실에 텔레비전이 켜져 있었다. 우
재가 산에 간 지 족히 한나절은 지났을 즈음이었다. 태주는
텔레비전을 끄고 민규의 방문을 열어보았다. 민규가 침대 벽
면으로 바짝 붙어 자고 있었다. 마치 옷 속에 파묻혀 있는 인
간 애벌레 같았다. 민규의 방엔 온통 옷과 신발뿐이었다. 벽
두면을 이단 행거 2개가 ㄱ자로 차지하고 있고, 다른 한쪽으
로도 작은 행거 하나가 더 있었다. 그 옆에 서있는 전신거울
이 민규의 둥글게 말린 등을 비추었다. 그의 월급은 옷이나
가방, 신발을 사는 데 거의 쓰는 것 같았다. 민규는 항상 저런
옷은 어디서 샀을까 싶은 특이한 옷들을 입고 다녔다. 한번은
태주가 너는 남의 시선을 받는 게 좋냐고 물었을 때, 민규는

그런 건 아니지만 평범한 옷은 참을 수가 없다고 말했다. 태주는 취향도 참 독특하다며 웃어넘겼지만, 취향조차 없는 우재보다는 민규가 말이 통해 더 좋았다. 태주는 우재에게 왜 사람들이 자신을 가꾸는 일에 그렇게 열심인지 설명해주다가도 어느새 말하고 있는 자신이 바보가 되는 기분이 들어 그만두기도 했다. 우재는 무색무취, 취향 없음, 바로 그대로였다.

태주는 우재를 처음 보았을 때 그다지 맘에 들지 않았다. 말은 별로 없었지만 지방색 짙은 사투리와 자신을 꾸밀 줄 모르는 무심함도 눈에 거슬렸다. 하지만 사사건건 날을 세우는 까칠한 사람이나 주책없이 참견하려 드는 사람보다야, 하는 마음으로 신경 쓰지 않았다. 언젠가 필름이 끊길 정도로 술에 취해 방으로 들어가 쓰러진 날이었다. 눈을 떴을 때 방문이 열려 있고 누군가 들어와 방바닥에서 무언가를 쓸어 담고 있는 게 보였다. 태주는 정신이 희미한 와중에도 당장 나가라며 길길이 날뛰었다. 우재가 그의 토사물을 닦고 있는 줄도 모르고. 민규가 상황을 정리해주지 않았더라면 태주는 한참을 더 나댔을 것이다. 사람을 미안하게 만드는 우재의 그런 점들이 태주는 싫었다. 사적인 영역을 넘어서는 친절과 간섭은 사람을 불편하게 만들 뿐이었다.

태주는 출출해오는 배 속을 채울 겸 민규의 방을 나와 냉장고 문을 열었다. 먹을 만한 것이 별로 없었다. 태주는 시들 어가는 오이 하나를 들고 거실로 돌아섰다. 일요일 오후엔 누 군가 장을 봐와 냉장고를 채워놓았어야 했다. 그런 건 줄곧 우재가 맡아했는데 우재가 없으니 바로 티가 났다. 눈은 그쳐 있었고 날이 어두워졌다. 태주는 그제야 딱따구리를 찾아 나 선 우재의 안부가 궁금해졌다. 우재의 번호를 누르자 유감스 럽게도 우재의 핸드폰은 그의 컴퓨터 책상 위에서 울고 있었 다.

우재는 걸음을 멈추고 고개를 두리번거렸다. 쌓이는 눈 때 문에 어디가 길인지 구분하기가 어려웠다. 정신을 가다듬고 돌아보니 산을 오르고 있는 게 아니라 능선을 따라 계속해서 옆으로 돌고 있는 느낌이 들었다. 생각 없이 무작정 걷다가 어느 사이엔가 내리막길로 들어선 모양이었다. 능선을 따라 걷던 중간 어디쯤에서 정상으로 가는 길을 잃은 듯했다. 그는 그 자리에 우뚝 멈춰 섰다. 어찌해야 할지 아득하기만 했다. 그는 어서 딱따구리를 보고 싶었다. 앞발로 단단히 나무를 부 여잡고 쉴 새 없이 쪼아댈 때의 그 기운찬 생기를 느껴보고 싶었다. 하지만 딱따구리는 어디에 있는지, 마치 그를 피해 어디론가 꼭꼭 숨어버린 것만 같았다.

어디선가 다시 새 울음소리가 들렸다. 봄이면 어김없이 진달래 화전을 해준다며 그를 데리고 산으로 오르던 엄마 생각이 났다. 엄마는 산을 오르면서 딱새와 되새, 노랑턱멧새, 멧비둘기들의 이름을 가르쳐주곤 했다. 노랫소리를 듣고 그가 새 이름을 알아맞히면 엄마는 활짝 웃으며 고개를 끄덕여주었다.

어느 날엔가 엄마와 진달래 꽃잎을 따고 있을 때, 딱따다닥, 따다다닥, 연달아 무언가를 쪼아대는 소리가 들렸다. 화들짝 놀라 엄마를 부르자 엄마는 입에 손가락을 대고 조용히 하란 신호를 주었다. 살금살금 소리가 나는 곳으로 다가갔다. 까만 머리에 몸통과 꽁지깃이 빨갛고 하얀 새가 곧고 날카로운 부리로 나무를 쪼아대고 있었다. 앞발로 나무기둥을 단단히 부여잡고 쉴 없이 나무를 쪼아댔다. 어찌나 열심히 쪼아대던지 그는 그 자리에 쪼그리고 앉아 한참동안 넋을 잃고 바라보았다. 온 산이 연두와 초록, 분홍빛으로 물들어가던 봄, 딱따구리가 쪼아댄 나무 조각들이 눈송이처럼 사방으로 흩날리다 바닥으로 하얗게 쌓여갔다.

"저 새가 바로 딱따구리야."

엄마가 눈빛을 빛내며 작은 소리로 말했다. 가슴이 오래도록 떨려왔다. 우재가 태어나 처음 본 딱따구리였다.

우재는 이제 발길이 가는 대로 내리막길을 따라 걸었다. 방향감각도 사라진 지 오래였다. 만약 지금이라도 딱따구리를 만날 수 있다면 그건 정말 행운이었다. 눈 덮인 낙엽이 발에 차이는 소리, 이름 모를 작은 산새들이 발소리에 놀라 푸드덕 날아가는 소리가 들렸다. 산에서 부는 바람은 매섭고도 청량 했다. 몸은 이미 관성에 따라 걷고 있었고 어떤 것에도 저항을 느낄 수 없었다. 배 속은 텅 비었고, 몸에 스치는 나뭇가지에도 몸이 휘청댈 만큼 다리에 힘이 풀렸다. 누군가 그의 어깨를 치기라도 하면 마른 나뭇가지처럼 툭 부러질 것 같았다. 오로지 딱따구리의 형상만 머릿속에 남아 정신을 놓지 않게 할 뿐이었다.

우재는 내리막길을 따라 걷다가 누군가 쳐놓은 연두색 철책 울타리와 마주쳤다. 개인 사유지인지, 산의 경계를 표시한 것인지 알 수 없었다. 길이라곤 그 울타리를 따라 내려가는 한 길뿐이었다. 울타리 안쪽은 잎을 떨군 나뭇가지들이 힘겹게 눈을 이고 서 있었고, 푸른 기운을 내뿜고 있는 소나무의 가지 위로도 하얀 눈이 쌓여가고 있었다. 가파른 내리막길이 눈앞에 펼쳐졌고, 울타리는 이 산의 안과 밖을 양분하듯 뚜렷이 금을 긋고 있었다.

우재가 잠시 울타리 안쪽에 정신을 파는 사이, 한 남자가 불쑥 타났다. 등산객 차림은 아니고 산 아래 동네에 사는 노인처럼 보였다. 우재는 울타리 바깥쪽에서 갑자기 나타난 노인을 보고 깜짝 놀랐다. 산 초입에서 만난 넝마를 정리하던 남자와 등산객을 빼면 실로 오랜만에 보는 사람이었다. 놀라 멈춰선 그와는 달리 노인은 태연한 표정이었다. 마치 산에서 사는 산사람 같은 품새였다. 노인은 그를 보자 중요한 사실을 알려주려는 듯 빠르게 소리쳤다.

"여기가 끝이에요! 길이 없어요!"

노인은 우재가 알아듣지 못했다고 생각했는지 연거푸 같은 말을 외쳐댔다. 순간 우재는 중요한 사실을 깨닫기라도 한 듯 그 자리에 우뚝 멈춰 섰다. 그것은 정말 그가 걸어온 길의 끝처럼 느껴졌다. 이 순간 절망스런 기분에 휩싸이지 않는 것은 이상한 일이었다. 그의 입에선 허탈한 웃음이 새어나왔다. 어떤 감정을 느끼기에 몸과 마음이 너무 지친 탓일지도 몰랐다. 노인은 울타리 아래 작은 절 마당을 통과하면 밖으로 나가는 길이 있다고 일러주고는 빠른 걸음으로 사라졌다. 그는 망연히 서 있다가 노인이 일러준 방향을 바라보았다. 주변은 이미 어두워졌지만 절 마당이 빤히 내려다보였다. 이 길로 조금만 더 내려가면 집으로 가는 길을 찾을 수 있을 것 같았다.

딱따구리는 다음 주에 또 찾으러 오면 될 일이었다. 절 마당 쪽으로 방향을 돌리려는데 몸이 말을 듣지 않았다. 발가락이 얼어버린 데다 등허리는 젖고 마르기를 반복해 감각이 무뎌진 때문이었다. 몸 안엔 어떤 기운도 남아 있지 않았다. 그는 크게 한 번 숨을 몰아쉬고 절 마당 쪽으로 힘껏 발을 내디뎠다. 순간, 컴컴한 아랫길로 굴러 떨어지면서 무언가에 쿵 하고 세게 부딪쳤다.

눈은 이미 오래전에 그쳤고 맑은 밤하늘엔 별이 하나둘 떠올랐다. 밤이 되자 기온이 급격히 떨어지고 있었다. 민규와 태주는 저녁으로 라면을 끓여 먹고 설거지도 하지 않은 채 거실 소파에 기대앉았다. 텔레비전에서는 태주가 즐겨보던 여행 프로가 방영되고 있었다. 민규는 거실이 조금 춥게 느껴져 일어나 보일러의 온도를 높였다. 거실 안은 더없이 아늑했고, 어두워진 창밖으론 아무것도 보이지 않았다.

"아이스크림 좀 가져와봐!"

민규가 리모컨으로 채널을 돌리며 말했다. 옆에 있던 태주가 의아해 하는 얼굴로 물었다.

"그거 우재 거라고 하지 않았어?"

"잊어버렸을 거야."

민규가 텔레비전에서 눈길도 돌리지 않은 채 말했다.

"그렇겠지?"

태주가 동조의 눈빛을 보내며 되물었다.

민규와 태주는 사이좋게 아이스크림을 퍼먹으며 텔레비전을 보았다. 거기에는 민규를 닮은 듯 한 연예인이 여행지 거리에서 음식을 사먹으며 황홀해하는 표정을 짓고 있었다. 민규는 뭔가 멋쩍은 생각이 들어 채널을 슬쩍 다른 데로 돌렸다.

"근데 왜 이렇게 안 오지? 경찰에 신고해야 하는 거 아냐?" 태주가 내처 물었다.

"딱따구리는 찾았을까?"

"찾았겠지. 시간이 몇 신데. 어디서 혼자 한잔하고 있겠지." 민규가 말했다.

"그렇겠지?"

태주도 안도의 눈빛을 담아 물었다. 그는 커튼을 치려 창가로 다가서다 그 앞에 우뚝 멈춰 섰다.

"어! 저거 뭐지? 방금 뭐가 휙 하고 떨어졌는데!"

태주가 흥분하여 소리쳤다. 그리곤 소파에 앉아 있던 민규를 향해 두 손을 격하게 흔들었다.

"저거저거. 별똥별, 별똥별 맞지?"

민규도 창가로 급히 다가갔다. 하지만 그사이 별똥별의 흔적은 간데없고 까만 하늘의 별들만 말갛게 빛날 뿐이었다.

"이야! 진짜 별똥별이었니까!"

태주가 감격에 겨워 외쳐댔다.

"아니 진짜? 별똥별 확실해?"

민규도 소리쳐 물었다. 그는 믿기지 않는다는 듯 소파로 돌아와 앉으며 다시 중얼거렸다.

"하! 이런 겨울밤에 별똥별이라니!"

"그러게, 내가 별똥별을 다 보다니!"

둘은 마주보며 한 목소리로 크게 웃었다. 그리고 소파에 나란히 앉아 계속해서 텔레비전을 보았다.

내가 고요라는 단어를

발음하는 순간

혜란은 포스 단말기 앞에 서서 CCTV 화면을 보고 있다. 둥글게 말린 코팅장갑을 풀어 곱은 손을 끼워 넣는다. 움츠린 어깨를 풀며 발을 몇 번 굴러본다. 60평 남짓한 마트에는 온풍기가 돌고 발 아래쪽에 작은 전기난로가 켜 있지만, 그녀에게까지 온기가 돌기엔 턱없이 부족하다. 혜란은 라디오를 켜고 커피포트의 전원을 누른 다음, 마트 밖으로 시선을 던진다. 사장이 도매시장에서 해온 물건들을 차에서 내리고 있다. 오늘은 가죽베레모를 잊은 모양이다. 깡마른 몸에 듬성한 머리숱이 그대로 드러나 있어 몹시 추워 보인다. 그녀는 포스 단말기 뒤편 담배 케이스의 빈칸을 채워 넣고 종이컵 두 개에 믹스커피를 탄다. CCTV 화면에서 박스를 나르고 있을 정훈을 찾다가 멈칫한다. 정훈이 그만둔 지 사흘이 지났다. 혜란은 타놓은 커피를 하나로 합치며 막 들어온 손님을 맞는다.

"이천사백 원입니다."

혜란은 막걸리 두 병을 봉지에 담으며 남자에게 말한다. 60대 중반으로 보이는 남자는 굼뜬 동작으로 주머니에서 천원짜리 지폐 세 장을 꺼내든다. 혜란은 잔돈을 거슬러 주며 포인트 번호는요, 하고 묻는다. 남자는 몸을 비칠거리며 그녀를 쳐다보기만 한다. 남자가 풍기는 술 냄새가 역겹지만 그녀는 애써 웃는 표정을 지어보이며 다시 묻는다.

"포인트 번호 없으세요?"

남자는 한쪽 눈을 치켜뜨며 혜란을 꼬나본다.

"아니, 아가씨는 어떻게 아직도 내 번호를 못 외우나?"

"네?"

"왜 매번 내 번호를 묻냐고!"

남자가 화가 난 듯 목소리가 날카롭다. 혜란은 남자가 취했음을 알고 목소리를 부드럽게 띄운다.

"아, 죄송합니다. 제가 좀 머리가 둔해서요."

"그래도 그렇지! 내가 여길 얼마나 자주 오는데 내 번호를 기억 못해!"

남자가 윽박지르듯 소리를 내지른다.

"죄송합니다. 손님."

혜란은 다시 한 번 사과한다. 그녀에게 죄송합니다, 라는 말은 안녕하세요, 라는 말만큼이나 무덤덤하다.

"칠하나삼육!"

남자가 선심 쓰듯 번호를 일러주며 같은 말을 뇌까린다.

"내가 그렇게 자주 오는데 말이야! 매번 묻고 말이야."

언제 들어왔는지 주인여자가 맞은편 계산대로 들어서며 눈을 끔뻑거린다. 그녀 식의 칭찬이다. 혜란은 마트 문을 나서는 남자의 뒤통수를 CCTV 화면으로 노려보며 마시다 만 믹스커피를 입안으로 털어 넣는다. 커피는 어느새 차갑게 식어 있다. 속이 불타고 있었나. 찬 커피를 마시고 나니 열이 가시면서 지코의 노래가 들리기 시작한다. 아무 노래나 일단 틀어. 아무거나 신나는 걸로. 아무렇게나 춤춰. 아무렇지 않아 보이게. 아무 생각하기 싫어. 아무개로 살래 잠시.

이 노래가 나오면 정훈은 일하다가도 일어나 아무렇게나 춤을 추곤 했다. 후드티를 입고 캡모자를 눌러쓴 그의 모습이 지코처럼 보일 때도 있었다. 어? 저보다 겨우 여덟 살 위네요. 누나라고 불러도 되죠? 정훈은 처음 온 날, 자기소개를 하면서 양손을 바지에 문질러 닦고 악수를 청했다. 제가 손에 땀이 많아서요. 그는 더위사냥이 불티나게 팔리던 여름에 들어와 반년을 못 채우고 마트를 떠났다. 마트 출입구에 구인광고를 써 붙였음에도 이틀이 지나도록 문의전화조차 없다. 정훈이 하던 배달 일을 도맡아 하느라 사장의 신경이 곤두서 있다.

혜란은 마트에서 오전 10시부터 오후 8시까지 일한다. 과자와 음료, 주류, 정육, 면세로 분류되는 담배를 판다. 그녀의 귀는 라디오에서 무작위로 흘러나오는 음악을 듣는다. 그녀의 눈은 필요한 것들을 사기 위해 잠시 머물다 돌아가는 사람들을 본다. 그녀의 손은 0부터 9까지의 숫자들과 현금, 반품, 보류, 호출, 고객, 영수증과 같은 단어들을 반복해서 눌러댄다. 그러면서 입으로는 라면과 빵, 잡화를 넣는 아저씨와 오징어와 쥐포, 막걸리와 생수를 넣어주는 아저씨와 인사를 나눈다. 식사는 아침을 먹고 출근하여 마트에서 한 끼를 해결한다. 아침을 거르고 온 날엔 컵라면이나 유통기한이 임박해 원가로 살 수 있는 샌드위치나 우유를 먹기도 한다. 가끔 3+1 기획상품으로 햇반과 김, 참치 같은 것들이 들어오면 잊지 않고 사 간다. 주인여자가 짓무르기 시작했거나 흠집이 난 과일을 종종 주어 그런대로 제철과일의 맛은 느끼며 산다고 할 수 있다. 오늘은 마트에 와서 유통기한이 하루 지난 단팥빵과 딸기우유로 아침을 때웠다.

혜란은 손님이 뜸한 사이 두 팔을 뻗어 스트레칭을 한다. 몸을 푸는 사이, 라디오 디제이의 말이 들려온다. '그가 읽는 책이 곧 그 사람이다.' 그렇다면 그가 만나는 사람이 곧 그 사람이고, 그가 먹는 음식이 곧 그 사람이겠다. 정말 그렇다면 그가 하는 말이 곧 그라는 걸까. 그녀가 마트에서 하루 종일 하는 말은 '어서 오세요, 사인해주세요, 포인트 번호요, 안녕히 가세요.'가 다다. 그러고 보니 이 네 줄의 문장이 문득 시 같다는 생각이 든다.

때맞춰 문을 활짝 열고 한 무리의 아이들이 몰려 들어온다. 잡기 놀이를 하다 숨을 곳을 찾아 들어온 아이들처럼 흥분된 얼굴들이다. 얼핏 보아도 이 아파트 단지의 아이들 같지는 않다. 아이들은 진열대 사이를 어지럽게 돌면서 과자들을 집었다 놓았다 하며 물어댄다. 키가 작고 올이 풀린 모자를 쓴 아이가 묻는다.

"이거 얼마예요?"

"천 원."

"이건요?" 소매 끝단이 너덜너덜 늘어난 점퍼를 입은 아이가 하리보젤리를 들어 보인다.

"이천오백 원"

열 두 살쯤 된 남자 아이가 진열대 사이를 정신없이 돌아다니는 동생들에게 조용히 하라고 작은 목소리로 주의를 준다.

"이거는요?"

또 한 아이가 맛밤 봉지를 들고서 묻는다. 까무잡잡한 얼굴에 볼이 트고 땅에 끌리는 바지를 입고 있다.

"얘들아, 살 거 있음 골라서 한꺼번에 가져 와!"

혜란은 아이들을 향해 큰 소리로 말한다. 큰형처럼 보이는 남자아이가 고만고만한 동생들을 세워놓고 비싼 과자를 골라 빼앗는다. 놀이터에서 놀다가 급히 따라왔는지 흙먼지투성이의 맨발인 아이도 있다. 근처 어느 시설의 아이들일지도 모르겠다. 의기양양하게 뛰어 들어와 과자를 고를 때와는 달리, 아이들은 이제 손으로 만지작거리기만 할 뿐 값을 묻지는 않는다. 원하는 것을 사기엔 돈이 부족한 모양이다. 큰형이 과자 한 봉지와 오렌지주스 한 병을 가져와 삼천 원을 내민다.

"삼천오백 원인데?"

큰형은 얼굴을 붉히며 주스 병을 제자리에 갖다놓고 작은 주스 캔을 가져온다.

"이렇게 하면요?"

혜란은 고개를 끄덕인다. 그때 제일 어린 꼬마가 껌 하나를 내밀며 큰형을 올려다본다.

"형, 이거 하나만 사주면 안 돼?"

"안 돼! 제자리에 갖다 놔!"

큰형이 고개를 흔들며 인상을 쓴다.

"싫어! 우리 돈 많이 가져왔잖아!"

꼬마 아이는 울상이 되어 소리친다. 큰형은 아이 손에서 억지로 껌을 뺏으려 하고 어린 동생은 뺏기지 않으려고 안간힘을 쓴다.

"빨리 안 내놔?"

큰형의 꾸짖음에 어린 동생은 기어이 울음을 터뜨린다. 큰형은 껌을 빼앗아 계산대에 놓고 어린 동생을 질질 끌다시피 밖으로 데리고 나간다. 발목이 훤히 드러난 깡총한 바지에 헤진 운동화가 혜란의 눈에 들어온다.

아이들이 빠져나가고 바깥 찬바람이 들어와 빈자리를 채운다. 혜란이 두 손으로 팔뚝을 쓰다듬다 아이가 놓고 간 풍선껌에 시선이 머문다. 400원이다. 그깟 껌이 뭐라고. 혜란은 얼굴이 화끈거린다. 자신이 마치 감정도 없는 로봇 캐셔가 되어버린 기분이다. 언제부터였을까. 이렇게 무심한 사람이 되어버린 건. 자신의 무력함을 감추기 위해 화가 난 고슴도치처럼 가시를 곤두세우고 제 주위로 첩첩의 담장을 둘러친 건. 혜란은 무기력한 상념에서 깨어난 듯 곧바로 껌을 들고 문 쪽으로 달려간다. 하얀 입김을 내쉬며 아이들을 찾아 고개를 두리번거린다. 아이들의 모습이 보이지 않는다. "혜란 씨! 빨리 문 닫아! 난방비 많이 나와 죽겠구먼." 주인여자가 목청을 높여 한마디를 던진다. 아이들의 흔적은 보이지 않고, 그녀의 발 주변으로 비둘기 몇 마리가 머리를 조아리며 구구거린다.

혜란은 들어와 다시 포스 계산대 앞에 선다. 휴대폰을 들고 정훈의 안부를 물으려 한참을 들여다본다. 하지만 머릿속으로만 묻고 있을 뿐 이내 휴대폰을 닫고 만다. 시골집에서 혼자 서울로 올라왔을 땐 나름의 포부도 컸었다. 힘들게 모은 돈으로 들어간 대학엔 얼마 다니지도 못하고 휴학을 해야만 했다. 치매로 고생하던 엄마의 병간호로 3년을 보내고, 살던 집의 보증금마저 떼이고 나니 혜란은 아무런 의욕이 나지 않았다. 가끔씩 찾아오는 원인 불명의 발작으로 번듯한 직장 같은 건 엄두도 내지 못했다. 이제는 막연한 꿈이 되었지만, 혜란은 매년 봄이면 학교로 돌아가 목소리가 카랑카랑하던 교수님의 시 수업을 듣기를 꿈꿔 본다. 그녀는 오늘도 주머니에 넣어둔 쪽지를 꺼내 들고 습관처럼 중얼거린다. *가장 용감한 단어는 여전히 비겁하고 가장 천박한 단어는 너무나 거룩하다. 가장 잔인한 단어는 지극히 자비롭고 가장 적대적인 단어는 퍽이나 온건하다.*

점심을 먹고 난 뒤 30분간의 휴식시간이 남는다. 어디 가서 쪽잠이라도 자고 싶지만 누울 장소가 마땅치 않다. 혜란은 담배를 들고 마트 건너편 벤치로 건너간다. 담배를 하나 피워 무는데, 박스 줍는 할머니가 손수레를 끌고 건너온다. 할머니는 언제나처럼 마트에서 얻은 빈 박스를 손수레 가득 싣고 있다. 오늘 할머니의 손수레엔 박스들 외에도 채소 찌꺼기가 든 큰 비닐봉지가 실려 있다. 그 모양새가 아무래도 마트에서 나온 채소 찌꺼기인 것만 같다.

"할머니, 그거 마트 음식쓰레기 아니에요?" 혜란은 찜찜해하며 묻는다.

"그려. 마트 꺼여."

"근데 왜 할머니가 가져가요? 박스만 가져가면 되지."

"내가 그냥 버려주는 겨. 거기서 박스를 주어다 먹고 사니께 고마워서. 미안하기도 하고."

할머니는 당연하다는 듯 별 노여움도 없이 말한다.

"미안하긴 뭐가 미안해요. 어차피 버리는 건데. 그리고 이 채소 찌꺼기는 음식물쓰레기봉투에 버려야 하는데?"

"에끼, 아무 말 말어. 내가 그냥 저 산에 가져다 묻으니 께."

할머니는 고갯짓으로 아파트 건너편의 작은 산을 가리킨 다.

"그럼 지금껏 마트에서 나오는 음식쓰레기를 할머니가 다 가져다 버린 거예요?"

"그랬지 그럼. 요즘 땅이 얼어 있어 땅 파고 묻기가 좀 거 시기해서 그렇지 암것도 아녀."

혜란은 할머니의 거칠고 오그라든 손을 보자 화가 나려 한 다.

"봉투 값이 얼마나 한다고. 그냥 음식쓰레기봉투에 넣어 버리라고 하세요!"

"시끄러! 암말 말어. 세상에 공짜가 어딨어!"

"그래도 그렇지, 할머니한테……."

혜란은 말문이 막혀 끝말을 채 잇지 못한다.

"아가씨도 늙어봐. 누가 십 원 한 장이라도 공짜로 주나. 나 같은 신세 되지 않으려면 아가씨도 젊을 때 바짝 모아. 몸에 좋지도 않은 담배는 끊고! 담뱃값도 올랐다믄서.”

할머니가 혀를 끌끌 차곤 가던 길로 올라간다. 손수레 끝의 야채 비닐봉지가 포대기에 업혀 졸고 있는 아기의 머리통처럼 위태롭게 흔들린다. 혜란은 할머니의 느닷없는 잔소리까지 듣고 나니 기분이 좋지 않다. 하루 고작 서너 개비의 담배조차 포기해야 한다면 이게 무슨 인생일까 싶다. 점심을 먹을 때 주인여자가 한 달만 쉴 수 있겠냐고 물었던 일이 불쑥 떠올라 더 화가 난다. ‘요새 장사가 하도 안 돼서 말이야.’ 혜란은 기가 막혀 말이 나오지 않았다. ‘쉬면서 그동안 못한 여행도 하고 친구들도 만나고 하면 좋잖아. 안 그래?’ 주인여자는 웃는 호랑이처럼 혜란을 구슬렸다. 그녀가 마치 자기들 편의에 따라 뺐다 끼웠다 하는 건전지처럼 생각되는 모양이었다. 당장 그만두겠다는 말이 목구멍까지 올라왔지만 결국 아무 말도 하지 못했다. 혜란은 그 자리에서 아무런 반박도 못한 자신이 싫었다. 정훈이 옆에 있었다면 달랐을까.

이거구나. 누나를 존버하게 하는 게?

혜란의 시가 적힌 쪽지를 보고 정훈이 했던 말이다. 점심을 먹고 정훈과 담배를 나눠 피며 시시껄렁한 농담을 주고받다보면 시간이 빠르게 흘렀다. 오전 내 진상손님들에게 시달려 쌓인 피로가 말끔히 씻겨나가는 기분이었다. 정훈은 자신이 아는 유일한 시라면서 마야의 노래를 큰소리로 불러주기도 했다. 나 보기가 역겨워 가실 때에는 죽어도 아니 눈물 흘리오리다. 영변의 약산 진달래꽃 아름 따다 가실 길에 뿌리오리다아아아아아. 혜란은 그의 장난기와 풋풋함에 빠져 한참을 웃곤 했다. 뒤가 든든할 것도 없기는 피차 마찬가진데, 그는 언제나 당당해 보였다. 그 애는 아무것도 두려워하지 않는 것 같았다.

"왜 하고 싶은 말을 참아요? 뱉어야지."

정훈은 가끔 혜란을 나무라며 말했다. 지난번 직장에서 있었던 일을 말할 땐 마치 남의 일을 들려주듯 신이 나서 떠들기도 했다.

"피자집에서 일할 때요. 주방 마감조였는데 일하는 강도에 비해 시급이 너무 적은 거예요. 남은 음식 버리고, 식탁 치우고, 그릇 닦고, 냉장고랑 바닥 청소하고, 쓰레기 갖다 버리고 해야 하는데, 알바생 두 명이 그걸 다하다 보면 열두 시가 훌쩍 넘거든요. 사람은 더 안 뽑고 택시비도 안 주면서. 그래서 제가 항의해서 겨우겨우 시급 올려놨더니, 그 다음 날 바로 저만 자르더라고요."

정훈은 그런 부당한 일을 당했으면서도 마음에 맺힌 것도 없는 모양이었다. 다 뱉어내서일까. 해야 할 말, 하고 싶은 말을 하는 게 정훈을 버티게 하는 힘인 듯했다.

"너 미용사 되려고 돈 모으는 거라면서?"

혜란은 얼핏 사장에게서 들은 말이 있어 물었다.

"네, 군대 가기 전에 학원비 모아놓으려고요. 저 이담에는 존나 유명해질 건데 아무리 바빠도 누나 예약은 무조건 일순위로 해줄게요. 그것도 반값에, 아니 공짜로요. 그러니까 있을 때 잘해줘요."

정훈은 그렇게 말하면서 하하 웃었다. 그는 턱이 짧고 갸름한 얼굴에 왼쪽 뺨에서 목 언저리로 커다란 흉터가 있어 언뜻 보면 무서운 인상이었다. 눈은 왕방울만큼 커서 흥분해서 말할 땐 그 눈이 더 커보였다. 하지만 부지런하고 일체 꾀를 부리는 법이 없어 사장도 그를 좋아라했다. 그 애가 사장과 싸우고 나가기 전까지는.

할머니가 사라진 자리에 비둘기 몇 마리가 날아든다. 누군가 바닥에 흘리고 간 과자부스러기를 찾는지 연신 구구거린다. 구구구구 구구구구. 뭐라고들 하는 걸까. 발을 한 번 구르자 먼지를 일으키며 어딘가로 푸르르 날아가 버린다. 혜란은 문득 정훈의 빈자리를 느끼며 담배를 비벼 끄고 일어선다.

혜란이 마트 안으로 들어서자, 주인여자와 웬 할머니가 목소리를 높이고 있다.

"혜란씨, 여기 이 할머니 외상값 천사백 원 받은 적 있어?"

주인여자는 포스 단말기 앞에서 화면을 들여다보며 묻는다.

"아니요. 안 받았는데요."

혜란은 고개를 저으며 할머니를 쳐다본다. 화가 잔뜩 오른 모습이다.

"아니, 내가 그때 사이다 사가면서 김장 봉투 값 떨어진 거, 우리 딸이 와서 갚았다는데 왜 자꾸 여러 말 하게 해?"

할머니가 주인여자에게 언성을 높인다.

"저한테 냈대요, 아님 이 아가씨한테 냈대요?"

"몰라! 좌우간 냈다니깐 자꾸 떠들지 말어. 아니 내가 그깟 천사백 원 떼먹을 사람으로 보여?

할머니가 목에 핏대를 올리며 따져든다.

"내가 이래 봬도 평생 남한테 돈 한번 꾼 적 없는 사람이야. 그것도 외상을 질려야 진 게 아니라 잔돈이 없어서 금방 가져다준다고 하다가 깜박했던 거지."

"네, 네, 알았어요. 여기 할머니 포인트 번호에 외상값이 있다고 뜨니까 그런 거죠. 우리 아가씨가 뭔가 착각했나 봐요."

"아니 착각할 게 따로 있지. 낫살이나 든 사람을 빚쟁이로 만들어! 그깟 천사백 원 때문에? 나 참 살다 살다 별 꼴을 다 보겠네. 마트가 여기 밖에 없어? 아, 경찰 불러, 경찰!"

할머니는 곧 숨이라도 넘어갈 갈 듯 소리친다.

"할머니. 그만 진정하세요. 여기 아가씨가 잘못했다잖아요."

주인여자는 혜란에게 눈을 끔뻑이며 어서 빌라는 눈치를 준다. 혜란은 어이가 없다.

"할머니, 죄송합니다. 제가 잘못했습니다."

혜란은 영문을 몰라 주저하다 할머니에게 잘못을 빈다. 문제를 키우지 않는 방법은 발 빠른 사과밖에 없다는 걸 아니까. 할머니는 혜란이 바로 잘못을 빌자, 화를 누그러뜨리며 숨을 몰아쉰다. 그래도 뭔가 미진했던지 문밖으로 나가다 말고 획 돌아서 한마디를 던진다.

"아가씨, 계산 똑바로 봐! 평생 남의 집 점원이나 하고 싶지 않으면, 알았어?"

가게 안은 갑자기 정전이 된 듯 고요하다. 할머니가 던진 한 마디에 혜란은 온몸이 뻣뻣이 굳어버린다. 무슨 말이든 하고 싶은데 말이 나오지 않는다. 분한 마음에 눈물이 나려는데, 밖에서 들어온 사장이 왜 이렇게 가게가 조용하냐며 고개를 두리번거린다. 주인여자가 방금 전 다녀간 할머니 이야기를 하자 사장이 툭 한마디를 내뱉는다.

"천사백 원? 어! 그거 내가 받았는데?"

혜란은 기가 막혀 말이 나오질 않는다.

"받으셨으면 포스에서 지워놓았어야죠, 저만 이상한 사람 됐잖아요!"

혜란이 한껏 항의라고 한다는 것이 입 밖으로 나왔을 땐 작은 볼멘소리다.

"왜, 무슨 일 있었어?"

사장의 말에 주인여자는 대수롭지 않다는 듯 대꾸한다.

"아냐. 아무것도 아녜요."

혜란은 얼굴이 훅 달아오른다. 아무것도 아니라고? 내가 하지도 않은 잘못을 빌고 모욕적인 말까지 뒤집어썼는데 아무 일도 아니라고? 혜란은 화가 나 소리라도 쳐야겠는데, 뭐라고 항변이라도 해야겠는데, 목소리가 나오지 않는다. 그들은 그녀의 기분은 아랑곳 않고 방금 들어온 맥주 납품업자에게로 바삐 걸어간다. 사장부부는 납품업자 앞에서 입을 맞추기라도 한 듯 매상이 안 올라 큰일이라며 엄살을 부려댄다.

"계산이요!"

우유를 든 여자가 카드로 계산대를 톡톡 치며 계산을 재촉한다. 혜란은 분한 감정을 추스르며 포스 계산대 앞에서 숨을 고른다. 혜란은 이제 화내는 법조차 잊어버린 것만 같다. 정훈이라면 어떻게 했을까. 왜 그녀는 어느 날의 정훈처럼 당당할 수 없는 걸까, 곰곰이 생각하고 또 생각한다.

언젠가 지팡이를 짚고 힘들게 걸어온 할머니가 사이다와 참외 몇 개를 사놓고 들고 갈 일을 걱정하고 있자 정훈이 선뜻 가져다드리겠다고 했다. 할머니가 연신 고맙다며 고개를 끄덕이고 나가자 사장은 바로 정훈을 나무랐다. "배달은 삼만 원 이상부터인 거 몰라? 누군 땅 파서 사람 쓰나? 만 원도 안 되게 산 사람까지 다 배달해주면 정작 배달 필요한 사람들은 어쩔 거야?" 그러자 정훈이 사장을 향해 말했다. "그럼 제 월급에서 까세요. 에누리 없이 딱 십 분어치만요!"

혜란은 물건의 바코드를 찍고 포스기를 누른 뒤 봉지에 물건들을 담는다. 손님들의 줄이 조금씩 줄어든다. 노력한 대로 난 얻을 수 있다는 말, 어릴 때부터 매일 엄마에게 늘 들었던 말이야. 나는 나대로 여기 나의 뜻대로 이젠 콜 마이 네 네 네임. 라디오의 음악이 마트 안을 채우고 손님들은 착한 어린이들처럼 노래박자에 맞춰 차례차례 그녀 앞에 골라온 물건들을 내려놓는다. 하고 싶은 대로 다 하고 살아 지금껏 난. 재밌는 걸 또 찾아 매일 새로워 난. 어느새 커다란 슬픔이 밀려와 혜란의 목울대를 아프게 눌러댄다.

　　오후 6시경, 학원에서 돌아온 아이들과 저녁거리를 사러 나온 엄마들이 같이 몰려들면서 마트 안은 정신이 없다. 주인 여자는 입시생 아들의 진학상담이 있다며 가버려 포스 계산대 앞은 손님들로 만원이다. 사장은 배달에 정신이 없고, 혜란은 쉴 틈 없이 계산을 하고 봉지에 물건을 담는다. 아무리 계산을 빨리 해도 줄은 계속해서 늘어난다. 포스 단말기 화면의 숫자들이 튀어 올라 겹쳐 보일 지경이다. 그 와중에 오전에 막걸리를 사갔던 60대 남자가 들어와 마트 안을 휘둘러보고는 거만한 표정으로 사장을 찾는다.

　　"사장님 지금 안 계시는데요."

　　무슨 일이냐는 물음에도 그는 재차 사장이 어디 갔느냐고만 한다.

　　"배달 가셨는데요."

　　그러자 그는 잠시 머뭇거리면서 고기가 어디 있느냐고 묻는다.

　　"정육 코너에 가보시면 종류별로 포장된 거 있어요."

혜란은 포스 단말기를 보며 계산하랴 남자의 물음에 대답하랴 정신이 없다. 그는 마뜩찮은 표정으로 어슬렁거리며 그곳으로 걸어간다. 그러고는 잠시 뒤 앞다리 살을 하나 달라고 소리친다.

"직접 꺼내 오시면 돼요!"

혜란은 앞에 선 손님의 계산을 하고 있는 터라 신경이 곤두서 있다. 40대 여자 손님은 남자 때문에 자신의 계산이 지연되는 게 짜증이 나는 기색을 보인다.

"손이 안 닿으니까 그렇지!"

남자가 갑자기 버럭 소리를 지른다. 잠시라도 더 기다리게 했다간 정육 진열 칸을 부수기라도 할 것 같은 목소리다. 혜란은 서둘러 여자 손님의 계산을 마치고 포스 계산대를 빠져나가 고기를 꺼내 준다. 고기는 구석진 곳에 있지도 않다. 남자는 대접을 받으려던 게 목적인 듯 태연한 얼굴로 고기를 건네받는다. 계산대 앞에 늘어선 줄에서 불평들이 쏟아진다. 고기 한 팩 살 거면서 사장은 왜 찾았던 건지. 혜란은 급히 포스 계산대 앞으로 돌아와 선다.

그런데 뭔가 이상하다. 고기를 꺼내주러 갔다 온 사이, 앞서 했던 계산이 잘못 처리된 것 같다. 여자 손님이 분명 카드를 건네주었는데 혜란이 현금 결제로 잘못 눌러버린 모양이다. 난감하다. 십만 원이 훨씬 넘는 액수였는데, 분명 정산할 때 그만큼의 현금이 빌 것이다. 쓰나미처럼 밀려왔던 손님들이 빠져나간 포스 계산대 앞에서 혜란은 어쩔 줄 몰라 하며 마른 침만 삼킨다.

배달을 다녀온 사장은 혜란의 말에 눈초리가 사나워진다. 이마에 인상을 쓰면서 빨리 포인트 번호를 찾아내라고 한다. 혜란은 포스에서 고기를 사간 남자의 영수증을 확인하고, 그 즈음에 계산된 여자의 포인트 번호를 찾아낸다. 사장은 마트 안쪽에 마련된 컴퓨터에서 포인트 번호를 조회하여 여자 손님의 전화번호를 알아낸다. 곧바로 전화를 걸어보지만 여자는 전화를 받지 않는다. 사장의 얼굴이 잔뜩 구겨진다.

"여기 그 여자 주소도 없고, 집 전화번호뿐인데 받질 않아. 그 손님과 통화가 되면 다행이지만 그 여자가 언제 여기 다시 올지 어떻게 알아. 이건 어디까지나 혜란 씨 미스니까 일단 혜란 씨가 해결해."

사장의 말에 혜란은 눈물이 핑 돈다. 분명 그녀의 잘못이기는 하지만 당시 상황도 고려하지 않고 무조건 그녀 잘못으로 돌리다니 억울한 생각이 든다. 하루하고도 반나절 일당이 고스란히 날아간 셈이다.

"이게 다 혜란 씨를 위해서니까 너무 노여워 말라고. 이래야 다시는 실수 안 하고 잘하지 않겠어?"

혜란에겐 당장 그만한 돈이 없어 월급에서 제하기로 한다. 사장은 그제야 안심한 얼굴로 손님에게 계속 전화를 걸어보라고 하고는 밖으로 나간다.

오늘은 왜 이렇게 되는 일이 없는 걸까. 여자와 전화가 연결되길 바라는 수밖에 없다. 혜란은 계속해서 여자에게 전화를 걸어보지만 연락이 되질 않는다. 마치 표류 중인 바닷가에서 영원히 가 닿지 않을 것 같은 하늘로 구조 신호를 쏘아올리고 있는 것만 같다. 어둠이 짙어와 마트 입구를 밝히는 전등 스위치를 올린다. 저녁 무렵 한차례 몰려왔던 손님들이 썰물처럼 빠져나간 마트에는 라디오 노래 소리만 저 홀로 흐른다. 불현듯 활자에 대한 그리움이 가슴으로 솟구친다. 혜란은 다급히 주머니 속의 쪽지를 꺼내들어 중얼거린다. *별들의 시간보다 벌레들의 시간을 더 좋아한다. 나무를 두드리는 것을 더 좋아한다. 얼마나 더 오래, 그리고 언제라고 묻지 않는 것을 더 좋아한다. 모든 존재가 그 자신만의 존재 이유를 갖고 있다는 가능성을 마음에 담아 두는 것을 더 좋아한다.*

혜란은 침을 꿀꺽 삼킨다. CCTV 화면에 어두워진 거리를 배경으로 마트를 등지고 서 있는 사장의 모습이 보인다. 누군가를 심하게 야단치고 있는 것 같다. 웬 초등학생이 뭔가를 들고 서 있고, 사장은 뭐라고 말을 하며 손을 휘휘 내젓고 있다. 아무래도 낯이 익다. 무슨 일인가 싶어 그녀는 슬쩍 밖으로 나가본다. 아이가 막 눈물을 훔치면서 마트 아래쪽으로 돌아서 가버린다.

"무슨 일이에요?"

혜란이 묻자 사장은 별일 아니라는 듯 캭 가래침을 돋아 화단 쪽으로 내뱉는다.

"저놈 아주 맹랑한 놈이야. 머리에 피도 안 마른 것이. 아니, 언제 사 간지도 모를 주스 캔을 가져와서는 유통기한이 지났다고 바꿔달라니 말이 돼?"

사장은 면장갑을 벗어 바지에 붙은 먼지를 탁탁 털어낸다.

"그리고 그 캔이 여기서 사 갔다는 증거 있어? 어디서 굴러먹던 놈인지, 저런 놈들이 크면 일부러 벌레 같은 거 집어넣고 몇 십 배로 보상받으려는 놈들이야."

사장은 다시 면장갑을 두 손에 나눠 끼면서 혜란에게로 얼굴을 돌린다.

"그래, 어떻게, 그 여자하고 통화는 됐어?"

혜란은 아니라고 고개를 젓는다. 아무리 보아도 낮에 동생들을 데리고 온 아이 같다. 아이의 뒷모습을 자세히 보려는데, 아이가 가다말고 갑자기 되돌아서 소리친다.

"나빠요! 아저씨 나빠요!"

아이는 두 손으로 눈물을 훔치면서 뒤돌아 뛰어간다. 아이의 헤진 운동화와 깡총한 바지가 혜란의 시선을 흔든다. 어느새 아이의 모습이 보이지 않는다. 혜란은 윗니로 아랫입술을 지그시 눌러 깨문다.

"아침부터 일진이 사납더니. 에이, 재수 없어!"

사장은 바닥에 침을 내뱉고는 화장실 쪽으로 사라진다. 어둠이 내려앉은 뒤에도 마트 앞은 전등을 켜놓아 대낮처럼 환하다. 마치 혜란의 부끄러움을 훤히 드러내기라도 할 듯.


정훈이 떠나던 날도 사장은 이렇게 핏대를 세웠다. 야채와 과일 포장 일을 하던 경아 아줌마를 내보내면서 달랑 검은깨 두유 한 박스만 손에 쥐어준 게 발단이었다. 아줌마는 두유 박스를 받아 든 채, 퇴직금 얘기를 꺼내며 우물거렸다. 사장은 못들은 척 뒷짐만 지고 있다 안색을 바꾸며 말했다.

"퇴직금은 없다고 처음부터 말했잖아요. 그리고 이런 구멍가게에서 뭔 퇴직금 타령은……." 사장은 은근슬쩍 넘어가려 했다. 경아 아줌마는 고등학교에 다니는 딸 하나를 키우며 이곳에서 3년 가까이 궂은일을 도맡아했는데 달랑 두유 한 박스가 퇴직금인 셈이었다. 계약서를 쓴 것도 아니고, 시급 알바였다지만 야박하단 생각이 들 즈음, 정훈이 나섰다.

"주당 십오 시간 이상, 월간 육십 시간 이상, 일 년 이상 근무했으면 당연히 법적으로 퇴직금 받을 권리가 있어요."

그러자 사장이 버럭 소릴 지르며 인상을 썼다.

"뭘 안다고 니가 나서? 가 배달이나 해!"

하지만 정훈은 여러 곳에서 알바를 하며 익힌 내공이 있어서인지 사장의 말에 눈도 끔쩍하지 않았다.

"사인 미만 사업장에선 반드시 지킬 의무인데 왜 안 지키세요?"

"너 인마! 말 다했어?" 사장이 소리쳤다.

난처한 표정으로 안절부절못하며 서 있는 경아 아줌마에게 정훈이 말했다.

"제가 도와드릴게요. 걱정하지 마세요. 노동부에 접수하시면 돼요."

사장이 와락 달려들어 정훈의 점퍼를 틀어쥐었다.

"이 새끼가! 니깟 게 뭔데 감 놔라. 배 놔라야?"

경아 아줌마가 싸움을 말리며 정훈을 떼어내려 했다.

"부모 없이 자란 거 불쌍해서 받아줬더니 은혜도 모르고. 야, 새끼야, 당장 꺼져!"

사장은 물건을 팽개치듯 정훈의 가슴팍을 밀어내며 소리쳤다.

"네! 더 있으래도 이런 덴 안 있어요! 그런데 왜 저한테 욕하세요? 이름 있는데?"

정훈이 침착한 목소리로 사장의 얼굴을 똑바로 쳐다보며 말했다. 경아 아줌마가 어쩔 줄 몰라 하며 불안한 표정을 지었다.

"가요, 아줌마!"

정훈은 경아 아줌마의 손을 잡고 뒤도 안 돌아보고 나갔다. 정훈이 경아아줌마와 같이 마트를 나설 때, 혜란은 포스 계산대 한쪽에 가만히 서서 숨만 죽이고 있었다.

사장은 정훈과 경아 아줌마가 가버리자 멋쩍은지 헛기침을 크게 한 번 하고는 밖으로 나가버렸다. 마트에는 차가운 정적만 감돌았다. 혜란은 누군가와 맞서야 할 때마다 혼자 되뇌던 말들을 떠올렸다. 인생이 내게 준 과제라고 생각하면 돼. 내가 다 참아낼 수 있다고 생각하면 돼. 그걸 증명하기만 하면 돼. 하지만 혜란의 마음에도 이건 아니라는 생각이 가슴 밑바닥에서부터 차올랐다. 그녀의 시간을 1시간당 8,720원에 판다는 것은 마치 그녀의 인생을 조각내 파는 것처럼 느껴졌다.

정훈이 인사도 없이 훌쩍 떠났다. 하지만 이제 혜란은 안다. 정훈은 항상 그녀에게 다정한 인사를 건네고 있었다는 걸. 자신을 사랑하는 법을 가르쳐 주었다는 걸.

'왜 참아요? 난 안 참아요. 못 참아요. 사람이 사람을 함부로 대해선 안 되는 거잖아요. 그러니까 누나도 참지 말아요.'

혜란은 다시 포스 계산대 앞에 서 있다. 마트 안은 냉장고가 내뿜는 가르릉 소리에 작은 진동이 일고 있다. 그 진동은 마치 땅속 깊은 곳에서부터 시작되고 있는 것만 같다. 혜란은 발아래 전기난로에서 물러나 움츠렸던 어깨를 뒤로 젖혀본다. CCTV 화면에는 고된 하루의 일과를 마치고 바쁜 걸음으로 돌아가는 사람들의 모습이 보인다. 담배를 피워 물고 있던 사장이 담배를 눌러 끄고 생수병과 두루마리 휴지들을 마트 안쪽으로 들여 넣고 있다. 정훈이 노래를 흥얼대며 저녁마다 했던 일들이다. 혜란은 곱은 손을 주머니에 넣어 쪽지를 꺼내들고 또박또박 소리를 내어 읽어본다.

*내가 고요라는 단어를 발음하는 순간 나는 이미 정적을 깨고 있다*
*내가 아무것도 라고 말하는 순간 나는 이미 무언가를 창조*

*하게 된다*

*결코 무(無)에 귀속될 수 없는 실재하는 무엇인가를*


우웅 우웅 우우우웅. 어디선가 이상한 소리가 들려온다. 그것은 정적 속에 잠자고 있던 마트 안의 사물들이 그녀를 배웅하기 위해 일제히 일어서는 소리 같다. 이 순간 무언가 혜란의 마음을 크게 흔든다. 그녀는 더 이상 그들의 무례함을 용납하지 않기로 한다. 그녀는 쪽지를 접어 주머니에 넣고 결연한 표정으로 외투와 가방을 챙겨 든다. 밖으로 나가려는 말들이 입안에서 아우성치고 있다. 정훈이 어디선가 그녀를 응원하고 있는 것만 같다. 혜란은 기어이 그 말들을 꺼내놓기 위해 사장이 서 있는 마트 밖으로 성큼 발을 내딛는다.


* 소설 속에 인용된 문장은 비스와바 쉼보르스카의 시선집 『끝과 시작』(문학과지성사, 2016)에서 빌려왔다.

고양이 버스

하쿠나 마타타! 하쿠나 마타타! 세아는 또 '잠보'라는 인사말 대신 하쿠나 마타타라고 한다. 선생님만 보면 왜 자꾸 하쿠나 마타타라고 하고 싶죠? 하쿠나 마타타는 '문제없다'라는 뜻의 스와힐리어다. 세아는 들어서자마자 시원한 마실 거리부터 찾는다. 도통 고민할 일이라고는 없어 보이는 아이다. 수업은 이미 시작되었다. 나는 숨 돌릴 틈도 주지 않고 질문을 던져댄다. 움리 가니? 미미 닐리카와 쿠미 나 타노. 세아는 숨찬 얼굴로 열다섯 살이라고 대답한다. 제니 음냐마 와 코 파보리테? 미미 카마 파루. 세아가 좋아하는 동물은 의외로 코뿔소다. 꿈도 킬리만자로에서 상처 난 동물들을 치료하는 것이란다.

세아는 원피스 한쪽이 흘러내린 줄도 모른 채 문제를 푼다. 나는 세아의 어깨끈을 올려주려다가 손가락을 내려다본다. 자세히 보니 손톱 밑이 헤어져 핏빛이다. 꽤나 오래된 습관인지 그중 엄지와 검지는 까맣게 죽어 있다. 세아는 습관처럼 또 손톱 끝을 물어뜯는다. 내가 손톱을 본다는 걸 알았는지 재빨리 등 뒤로 감춘다. 나는 나무라는 어투로 눈에는 칸막이가 없다는 속담 하나를 중얼거린다. 세아는 입술을 쫑긋 모았다가 무언가 생각난 듯 큰 소리로 외쳐댄다. 우쿠피가오 은디오 우쿠푼자오! 세아의 입은 생각 없는 붕어처럼 뻐끔거린다. 너를 꾸짖는 자가 너를 가르치는 자라니 제법이다. 세아가 낯설면서도 어쩐지 낯설지 않다. 갑자기 세아의 입속을 들여다보고 싶은 충동이 인다. 나는 손바닥이 아프도록 힘껏 주먹을 말아 쥐었다 편다. 진한 콧숨이 나도 모르게 훅 빠져나온다. 세아는 어느새 엄지손가락을 입가로 가져가 잘근댄다.

아이들이 모두 돌아간 시간, 나는 컴퓨터를 켜고 TV로 연결된 전선을 확인한다. 프레첼을 볼 가득 담아와 일인용 소파에 몸을 파묻는다. 영화를 보기 위한 절차들을 마치면 이제 저장된 영화를 클릭하기만 하면 된다. 회색 TV화면에 코발트빛이 퍼진다. 영화를 TV로 연결해보는 발상은 어떤 남자가 일러준 것이다. 영화를 좋아하는 여자에게 남자가 해줄 수 있는 작은 호의였다. 이러면 눈이 덜 피로할 거야. 남자가 복잡한 작업을 끝내고 고개를 들었을 때 나도 모르게 기침이 쏟아졌다. 나는 누군가 내게 친절하게 굴면 기분이 좋지 않다. 남자가 다녀간 다음 날 핸드폰 번호를 바꾸고 방을 옮겼다. 굳이 이유를 묻는다면 저 이상한 전선 때문이라고 말할 것이다.

컴퓨터가 부팅되는 사이 나는 프레첼을 먹기 시작한다. 단단한 밀가루 과자지만 무료함을 달래기에 이것만 한 것도 없다. 거실을 이리저리 걸으며 어금니와 아래턱을 부지런히 움직인다. 씹어대는 동작만 있을 뿐 맛을 느낄 수 없다. 손의 떨림 때문인지 과자는 자꾸 바닥으로 떨어진다. 손가락 사이로 빠져나간 과자가 발에 밟혀 으스러진다. 문득 붕어처럼 뻐끔거리던 세아의 입이 떠오른다. 나는 잠시 세아를 생각하다 컴퓨터 앞으로 다가가 앉는다. 마침 휴대폰 화면에 낯선 전화번호가 뜬다. 먼 곳에서 온 전화란 걸 알지만 받지 않는다. 받아놓은 영화들을 훑어 내리다 벨넵 감독의 영화를 클릭한다. 화면에는 탄자니아 세렝게티의 풍경이 펼쳐진다. 전화는 계속

울리다 사라지고 부재중 전화란 메모가 뜬다.

끝없이 펼쳐진 광활한 초원. 드문드문 우산을 펼쳐놓은 듯 나무들이 박혀 있다. 내리쬐는 태양 아래 한가로이 풀을 뜯는 얼룩말, 흰 턱수염의 누와 작은 몸집의 톰슨가젤이 놀고 있다. 한곳에서 사르르 풀 쓸리는 소리가 난다. 귀 밝은 얼룩말이 먼저 눈치를 채고 달음박질친다. 이어 누가 달리고 톰슨가젤도 뛰어간다. 순간 풀숲을 헤치고 쥬마가 나타난다. 탄탄한 두 다리와 탄력 있는 검은 피부. 그는 어디로든 거침없이 달려갈 듯하다. 나는 화면을 정지한 채 그를 바라본다. 그는 초원 한가운데서 손을 흔들며 웃고 있다. 그의 까만 눈동자가 내게 무어라 외쳐대는 것만 같다. 나는 달려가 그와 노래하고 춤추고 뛰어다니고 싶다.

핸드폰 화면에 다시 낯선 번호가 뜬다. 받지 않으면 언제까지라도 울릴 기세다. 가만히 통화버튼을 눌러본다. 현지인과 재혼해 탄자니아에 살고 있는 세 번째 엄마다. 엄마는 혼자 몸으로 한국에서 나를 키우다 탄자니아로 흘러들어갔다. 내 어릴 적 기억은 탄자니아의 초원과 한국의 집들이 어지럽게 뒤섞여 있다. 4년 전 혼자 한국으로 떠나올 때 엄마는 미안하다며 울었다. 그러면서 내 손에 적지 않은 돈을 쥐어주었다. 멀리서 엄마가 명랑한 목소리로 묻는다. 한 번 다녀가지 않을래? 그저 안부인사란 걸 알기에 내 대답은 짧고 명료하다. 나는 아무도 원치 않게 태어나 버려진 아이였다. 내가 세 번이나 파양된 아이란 사실을 안 건 열네 살 무렵이었다. 한때 나의 부모였던 이들은 필요에 따라 나를 거두거나 물렸다. 그러니 나는 계속 어딘가로 옮겨가는 중이었다.

비록 세 번째 엄마지만 그녀의 전화를 받고 나면 기분이 좋지 않다. 기억하고 싶지 않은 일을 억지로 떠올리는 기분이다. 엄마의 친절한 목소리를 들으면 왜 다시 마음을 다잡아야 하는지 모르겠다. 전화를 끊고 난 뒤 나는 무작정 차를 몰고 밖으로 향한다. 이상하게 마음이 가라앉지 않는다. 어둠이 자동차 불빛에 밀렸다 다가섰다를 반복한다. 마치 내 몸이 어둠 속을 헤매며 가야 할 곳을 찾는 듯하다. 마침 세아에게서 전화가 걸려온다. 선생님, 오늘 선생님 집에 가도 돼요? 언뜻 세아의 핏빛 손가락이 떠오른다. 뜻밖의 질문에 나는 움찔 물러서고 본다. 너 오늘 수업 아니잖니? 세아가 조금 뜸을 들인다. 그냥 우리 집에 아무도 없어서요. 선생님하고 얘기하면 안 되나요? 나는 별생각 없이 대답한다. 삼십 분쯤 후에 도착할 거야.

세아는 냉장고에서 꺼내온 것들을 바닥에 쏟아놓는다. 맥주캔 서너 개와 치즈, 아몬드와 감자칩, 초콜릿쿠키와 오렌지까지. 나는 무엇부터 먹어야 할 지 망설인다. 세아가 득의에 찬 얼굴로 외쳐댄다. 침대 밑에 있는 것을 원하면 허리를 구부려라! 세아와 나는 자매처럼 깔깔거리고 한참을 웃어댄다. 나는 늘어놓은 맥주캔 중 하나를 들어 딴다. 거품이 부글대며 탁자 위로 흘러내린다. 세아는 긴 여행 중의 첫 밤처럼 들떠 있다. 엄마는 학교 수업에 갔다 돌아오면 꼭 맥주를 마셔요. 그걸 마셔야 하루가 끝난 것 같대요. 학교 무용실에서 하루 종일 구령을 외치다 보면 녹음테이프가 된 기분이 든다나요? 세아의 입은 목줄을 풀어놓은 강아지마냥 통통거린다. 공연할 때는 엄마 얼굴도 못 보고 잠드는 날이 많아요. 외국 나가서 공연할 때는 더하고요.

나는 세아에게 맥주를 권하는 것이 옳은 일일까, 하고 망설인다. 세아의 얼굴은 그런 생각들 따위에는 신경조차 쓰지 않는 듯하다. 변호사가 되기를 바라는 부모와는 달리, 특수 외국어를 배워 대학에 지원하고 싶어 하는 세아는 말을 배우는 속도가 꽤나 빠르다. 세아는 조잘대고 먹고 탁자를 두드리며 웃는다. 몸을 흔들고 노래를 흥얼거리다 창밖으로 소리를 질러대기도 한다. 내가 초콜릿을 입에 넣으며 권하자 고개를 젓는다. 우리 오빠는요, 기분이 좋으면 초콜릿과 사탕을 잔뜩 사들고 와요. 그런 날은 오빠말로 대박을 친 날이에요. 무슨 대박? 오빠는 대학생인데 아빠처럼 벌써 사장님이거든요. 인터넷에서 파티용품들을 파는데 얼마나 바쁜지 얼굴 보기도 힘들어요. 오늘은 아빠 엄마 오빠까지 모두 외국으로 나간 날이에요. 나 혼자 집을 지키죠. 외로운 파수꾼처럼요. 저희 집 무지 웃기죠. 네?

세아는 느닷없이 내 손을 잡아끌며 옥상으로 가자고 한다. 이 밤에? 뭐 어때요. 난 수시로 가는데. 세아가 엘리베이터를 타더니 꼭대기 층을 누른다. 세아의 눈은 전에 없이 흥분으로 가득하다. 나는 엉겁결에 세아를 따라 옥상으로 올라간다. 세아는 옥상 난간으로 달려가 빨리 오라고 손짓을 한다. 나는 한 번도 올라와보지 않은 옥상을 세아는 제 집처럼 뛰어다닌다. 세아의 나풀대는 몸짓에 현기증이 인다. 저맘때의 내 모습이 생각나지 않는다. 선생님. 토토로 아세요? 토토로? 네, 만화영화 〈이웃집 토토로〉요. 세아는 난간 아래를 내려다보며 환호성을 지른다. 그러다 다시 난간 틀에 몸을 기대고 하늘을 올려다본다. 세아는 막 하늘에서 누구를 보기라도 한 듯 양손을 크게 벌려 흔든다.

토토로는 숲속에 사는 나무 요정인데요, 순수한 아이들 눈에만 보이는 상상의 동물이에요. 곰처럼 거대한 몸집에 복실한 털이 있는데 언제나 고양이 버스를 타고 다니죠. 고양이 버스? 네, 세상 어디든 승객이 가고 싶은 곳은 다 데려다주는 버스요. 거기 영화에 보면 몸통을 크게 부풀려 만든 고양이 버스가 나오거든요. 먼 곳을 바라보는 세아의 눈이 설렘으로 가득하다. 전 가끔 고양이 버스를 타고 세상을 날아다니는 꿈을 꿔요. 그렇게 세상 속을 날아다니다 보면 얼마나 신나는지 몰라요. 킬리만자로든 세렝게티든 어디든 마음대로 갈 수 있거든. 정말이지 하나도 외롭지 않아요. 고양이 버스에서 내려다보면 엄마도 아빠도 오빠도 다 보이거든요. 어디서든 나랑 같이 있는 것 같잖아요. 곧 돌아올 거니까, 일부러 나만 혼자 남겨놓은 건 아닌 거니까. 얼마든지 기다릴 수 있어요. 세아가 다시 난간 아래를 굽어본다. 참, 제가 왜 높은 곳을 좋아하는지 아세요? 나는 그저 어깨를 으쓱 들어 올릴 뿐이다. 고양이 버스가 오는 걸 보려고요. 아이는 눈을 감고 기도를 하는지 잠시 말이 없다. 마치 두 손을 모아 빌기만 하면 고양이 버스가 달려오기라도 할 듯이.

세아는 밤이 깊도록 재잘대다 새벽이 다 되어서야 잠이 든다. 꽤나 피곤했는지 가늘게 코까지 곤다. 나는 담요를 덮어

주고 살며시 밖으로 나온다. 벌써부터 세아가 귀찮아진다. 내 공간으로 세아를 끌어들인 게 후회스럽다. 누군가 내 공간을 차지하고 있다는 사실이 싫다. 나는 편의점에서 물을 산 뒤 주변을 배회하다 발걸음을 돌린다.

무슨 일인지 집 밖에서 비상벨소리가 흘러나온다. 전자키로 된 문은 가끔씩 문제를 일으켰다. 안쪽에서 출입문이 열리지 않았던 모양이다. 흩어진 신발과 담요, 책과 신문들로 집 안이 어지럽다. 나는 아이의 이름을 큰소리로 부른다. 세아가 겁에 질린 얼굴로 베란다 난간을 잡고 서 있다. 세아가 내 얼굴을 보자 달려들 듯 안겨온다. 그리고는 매섭게 쏘아붙인다. 어디 갔었어요? 왜 나만 두고 갔어요! 세아의 얼굴은 창백하다 못해 흰빛이다. 내가 얼마나 무서웠는지 알아요? 세아는 폐쇄공포증이라도 있는 걸까. 떨고 있는 세아를 보니 내가 큰 잘못을 저지른 것만 같다. 세아는 씩씩거리며 양손으로 눈가를 닦아낸다. 세아의 등을 토닥이는데 등 뒤로 의자 하나가 보인다. 갑자기 등골이 오싹해온다. 조금이라도 늦었다면 세아는 정말 뛰어내리기라도 했을까.

그날 밤 나는 빈 들판에 홀로 서 있었다. 나는 작은 아이였고 누군가 내 어깨를 꽉 잡았다. 아무도 나를 원하지 않는 것 같았다. 엄마는 고개를 숙인 채 내게서 멀어졌다. 내 울음소리에 몇 번 돌아본 것 같은데 이내 시야에서 사라졌다. 또래의 많은 아이들이 나를 쳐다보았다. 모두가 모르는 아이들뿐이었다. 진흙과 마른 풀로 지붕을 덮은 작은 집들, 일터에서 돌아오는 사람들이 보였다. 나는 매일 황량한 들판을 바라보며 기다렸다. 그러면 누군가 멀리서 다가오는 듯했다. 너무 멀어서 내 눈에는 잘 보이지 않았다. 누구인지 알려 하면 할수록 형체는 흐려졌고 나는 곧 잠에서 깨어났다. 내게 손을 흔드는 사람이 엄마인지 아이들인지 혼란스럽다. 그들은 엄마였다가 아이들이었고 영화 속 다른 주인공들이기도 했다.

아침에 일어나니 세아는 가고 없다. 탁자 위는 깨끗하게 정리되어 있었다. 아이가 다녀간 흔적이라곤 남아 있지 않았다. 어젯밤 무슨 일이 있기나 했었는지. 나는 커피를 한 잔 내려 마시고 창밖을 내려다본다. 도심 한가운데로 한낮의 시간이 흐른다. 신호를 받고 멈춰선 차들과 건널목을 건너기 시작하는 행인들. 그들은 교대로 동작을 지시받은 로봇처럼 한 치의 오차도 없다. 한쪽이 움직이면 한쪽은 멈춘다. 한쪽은 초조하고 한쪽은 활기차다. 그저 움직일 뿐 살아 있다고 생각되지 않는다. 천재지변이 없는 한 교차로의 동작은 멈추지 않을 것이다. 마음이 편하다. 그저 이쁘면 된다. 거리를 내려다보듯 나는 저 세상으로부터 떨어져 있으면 되는 것이다. 멀리서 핸드폰 소리가 조용히 울린다.

처음으로 내가 스와힐리어를 가르친 사람은 탄자니아에서 사업을 시작한 남자였다. 나는 한국으로 막 들어와 모든 것이 낯선 때였다. 스와힐리어가 제법 능숙해진 남자는 내게 무언가 도움을 주고 싶어했다. 어느 날인가 아프리카 박물관의 학예연구팀에 자리를 마련해주었다. 소장자료를 관리하고 전시실의 운영을 돕는 일이었다. 그런데 나는 그 제안을 일언지하에 거절했다. 정식으로 어딘가에 소속이 되고 사람들과 엮이는 게 싫어서였다. 남자는 왜 재능과 기회를 썩히느냐며 이해할 수 없어했다. 세상에는 이해할 수 없는 일들이 허다하게 많다는 걸 왜 모르는 걸까. 태어나자마자 정원이 딸린 대문 앞에 버려지기도 하는 일 같은. 남자가 재차 권하고 다그쳤지만 어쨌든 나는 승낙할 수 없었다. 다음 수업에 남자를 가르치러 가지 않았다. 더불어 핸드폰을 바꾸고 오피스텔도 옮겨버렸다.

전화가 울리다 끊어지고 또 울린다. 그러고도 한참을 더 집요하게 울어댄다. 여보세요? 어머. 너 맞구나. 은호 맞지? 나야 나. 진선이. 친구는 어떻게 내 전화번호를 알아냈을까. 응대해야 할 잠깐의 시간조차 버겁게 느껴진다. 너는 탄자니아에서 아예 나왔다더니 어쩜 그렇게 연락이 없니? 나도 얼마 전에 나왔는데. 진선은 탄자니아 한인교회에서 알게 된 친구였다. 끝없이 이어지는 친구의 수다를 나는 무심하게 들어 넘긴다. 한때 마음을 주고받던 친구라는 사실이 무색할 지경이다. 친구는 기어코 내일 만나자는 약속을 받아낸 후에야 전화를 끊는다.

광화문역 맥도날드 분점은 적막감이 들 정도로 한산하다. 친구는 아직 오지 않은 모양이다. 나는 커피를 사들고 2층으로 올라가 햇빛이 덜 비치는 구석자리를 찾아 앉는다. 두 칸 건너편 테이블에 트렌치코트를 입은 작은 몸집의 할머니가 보인다. 그녀는 커피 한 잔과 영자신문, 세 개의 낡은 쇼핑백을 앞에 놓고 졸고 있다. 왠지 한여름 맥도날드 가게의 풍경과는 어울리지 않다는 생각이 든다. 커피를 한 모금 마시고 있을 때 친구가 웃으며 걸어온다. 어쩜 너는 그대로구나! 친구는 검게 그을린 피부에 흰 이를 활짝 드러낸다. 어딘가 희미하게 파파야 냄새를 품고 있는 듯하다. 나는 잠시 현기증을 느끼며 친구를 바라본다. 순간 할머니의 머리가 푹 꺾였다가 이내 놀란 듯 고개를 쳐든다. 가만히 쳐다보니 자그맣고 하얀 얼굴이다.

내 시선은 자꾸 할머니에게로 향한다. 친구도 힐끔 할머니를 쳐다본다. 너 저 할머니 모르니? 맥도날드 할머니잖아. 맥도날드 할머니? 나는 그 말이 낯설어 다시 묻는다. 그래. 맥도날드에서 커피 한 잔만 먹고 산다는 할머니. 옛날에 외무부에도 근무했던 인텔리라던데. 지금은 거처도 없이 하루 종일 맥도날드 가게만 돌면서 산다더라고. 주변 사람들 도움도 다 거부하고 말이야. 나는 할머니에게서 눈을 떼지 못하고 묻는다. 이유가 뭐야? 왜 저렇게 사는 건데? 모르지. 방송에 보니까 뭐 백마 탄 왕자를 기다린다나. 자기 방식대로 남은 생을 산다나. 아 참, 저 할머니도 아프리카 어디서 살았나보더라. 세계 각지를 안 돌아다닌 데가 없나 봐. 지금은 자신을 구원해줄 단 한 사람을 기다리겠대. 친구가 커피잔을 입으로 가져간다. 내가 보기엔 과대망상증 환자 같아. 아담이 어쩌고저쩌고 그러더라고.

친구의 말은 내 귀에 거기까지만 들린다. 나는 할머니에게서 눈을 뗄 수가 없다. 낡고 때가 낀 트렌치코트와 구닥다리 쇼핑백 세 개가 할머니의 고단한 삶을 말해주는 듯하다. 그런데도 어쩐지 할머니는 빈 들판에 홀로 서 있는 투사 같다. 언제라도 싸울 준비가 되어 있는 고독하고 외로운 투사. 나는 왠지 또 다른 나를 보듯 할머니가 낯설지 않다. 친구가 내 이

름을 부른다. 우리 이제 자주 보자. 너랑 나랑 진짜 친한 친구
였잖니. 누군가 또 내게 버거운 관계를 강요하는 것만 같다.
돌아오는 지하철 안은 몹시도 붐볐다. 어서 이곳을 벗어나고
싶은 생각뿐이다. 지하철에서 내리자마자 나는 집 근처의 이
동전화 판매 대리점을 다시 찾았다. 직원은 언제나처럼 친절
하고 상냥하다. 나는 단호히 전화번호를 바꾸고 친구의 번호
를 삭제했다.

핸드폰을 바꿀 때 나는 가르치는 아이들 외의 번호들은 지
워버린다. 그러면 내 주위가 원래대로 정리가 된 듯 깨끗해진
다. 나를 귀찮게 하는 것과 귀찮게 할 모든 관계들로부터 자
유로워지는 것이다. 이제부터 아무 감정의 티끌 없이 새날을
시작하면 된다. 행여 누구와 얽히는 걸 싫어하는 내가 딱 한
번 동호회에 가입한 적이 있다. 아프리카 영화를 사랑하는 사
람들의 모임이었다. 가끔씩 영화평을 올리곤 하던 사이트의
사람들과 만나는 자리였다. 아무도 서로의 사생활에 대해 알
려고 하지 않았다. 그저 같은 기호를 공유하는 관계여서 좋았
다.
한 여자가 내가 올리는 영화평을 눈여겨본다면서 말을 걸
어왔다. 그녀는 아프리카 전문 영상제작사의 PD였다. 여자는

다큐멘터리 제작 프로젝트에 참가해줄 것을 제의했다. 영화 제작에 참여하는 사람들의 언어교육을 맡아줄 사람이 필요하다고 말했다. 갑자기 꺼낸 직업 얘기에 나는 조금 놀랐다. 그녀가 제시한 급여나 근무조건은 웬만한 회사보다 나았다. 내가 좋아하는 영화 일이었지만 완곡하게 거절했다. 그녀 역시 거절하는 나를 의아해했다. 그냥 하고 싶지 않다고 말할 수밖에 없었다. 누군가를 새로 알고 관계를 넓혀나가는 게 내겐 어려운 숙제였다. 그녀는 이해할 수 없다는 얼굴로 나를 쳐다보았다. 자신의 호의를 거절한 내게 자존심이 상한 모양이었다. 그녀가 비웃음이 섞인 싸늘한 시선을 내게 던졌다. 이제 나는 어디에도 영화평을 올리지 않는다. 전화번호를 바꾸고 영화모임에서도 탈퇴했다. 그저 나 혼자 영화를 즐기고 사랑하면 되었다. 영화가 나를 배반하는 경우는 없을 테니까.

소파에서 영화를 보다 잠이 들었나 보다. 꿈속에서는 파티가 한창이었다. 정원에는 푸른 관목들과 라벤더, 로즈마리가 넘쳐났다. 나는 크림색 드레스에 분홍빛 리본을 달고 춤을 추기 시작했다. 쥬마가 웃으며 다가와 내 손을 잡았다. 쥬마는 정원을 가로질러 풀숲으로 가려들었다. 그 사이 음악이 바뀌고 쥬마가 내 손을 놓았다. 음악은 더 빠르게 흐르고 파트너가 자꾸 바뀌었다. 어지럽게 돌아대던 나는 쥬마를 찾을 수가 없었다. 내 손을 잡고 있는 파트너는 마꼴라였다가 에사였다가 고빌라로 변했다. 나는 울면서 쥬마의 이름을 불렀다. 돌고 또 돌아봤지만 쥬마는 끝내 돌아오지 않았다. 나는 한참을 울다가 잠에서 깨어났다.

세아는 부모가 집을 비운 날이면 전화를 걸어오곤 했다. 나는 내 공간으로 누군가를 들이는 걸 싫어하면서도 이상하게 세아에겐 그러지 못했다. 세아는 올 때마다 자기 집 냉장고에 있는 것들을 잔뜩 싸들고 왔다. 어느 날엔가는 아빠가 아끼는 술이라며 코냑을 가져온 적도 있었다. 세아는 내게 어린 시절 이야기와 고등학교, 대학교 시절을 물었다. 이제 세아는 탄자니아에서 사귀었던 남자친구 이야기를 해달라고 조른다. 이야기 좋아하면 가난하게 산다던데? 내 장난스런 엄포에 세아는 조금의 망설임도 없다. 제 귀는 배고픈 채로 자러 가지 않는다며 키득키득 웃는다.

글쎄, 검게 반짝이는 피부에 야생마 느낌이 나는 남자였어. 마음 안에 아무런 제약이나 굴레도 없는 사람. 그래서 어디든 마음대로 가고 제멋대로 사는 사람. 그런대로 편안하고 쿨하게 지냈어. 그런데 왜 헤어졌어요? 세아가 눈을 치뜨며 묻는다. 어느 날 그 사람이 정색을 하고 말하는 거야. 내가 무섭다구. 왜요? 어쩌면 그렇게 반년 전이나 지금이나 똑같냐는 거야. 나는 다 버릴 준비가 돼 있는데 왜 너는 흔들리지도 않는지 무섭대. 뭐가 무섭다는 건지. 그 순간 그 사람이 싫어졌어. 그래서 헤어졌어. 전화번호도 바꾸고.

나는 프레첼 하나를 꺼내서 우두둑 우두둑 깨어 문다. 난 친절한 사람들이 싫어. 끝까지 친절하지도 못 할 거면서 칠칠맞게 인정을 흘리고 다니는 사람들이 싫어. 다시 프레첼 하나를 집어 든다. 세아가 왠지 조금 슬퍼 보이는 눈으로 나를 바라본다. 선생님은 어느 때 보면 이 세상 사람 같지가 않아요. 항상 어딘가로 떠날 준비를 하고 있는 사람처럼 보여요. 이곳이 싫으세요? 이 세상이 싫어요? 모르겠어. 나는 뭔가 독한 것을 원하는데 막상 그것이 내 앞에 오면 마주하기 싫어. 머릿속이 띵하도록 얼얼한 게 좋은데 그걸 어떻게 받아들여야 하는지, 나도 내가 원하는 것이 뭔지 모르겠어. 내가 코냑 병을 집어 들자 아이가 눈치 빠르게 얼음을 가져와 넣어준다.

내가 술을 마시는 동안 세아는 TV를 본다. 딱히 TV를 보는 것 같지도 않다. 세아는 제 손가락을 물어뜯으며 무슨 생각에 빠져 있는 듯하다. 세아의 까맣게 죽은 손톱이 눈에 들어온다. 수시로 물어뜯은 탓인지 손톱이라고는 성한 게 없다.

너는 뭐가 그렇게 무섭니? 세아는 가만히 나를 보더니 다시 손톱 끝을 물어뜯는다. 세아의 손을 입에서 떼어내려 하자 벌떡 일어나 창가로 간다. 저는요, 혼자 있는 게 싫어요. 외로움이 무서워요. 나는 언뜻 아무도 없는 거실에 홀로 앉아 있는 아이가 떠오른다. 세아는 오피스텔 아래를 한참동안 내려다본다.

선생님, 제가 무서움 퇴치법 하나 알려드릴까요? 세아의 얼굴은 어느새 천진난만한 표정으로 변한다. 일단 풍선을 방안 가득 불어놓는 거예요. 천장이 보이지 않을 정도로요. 수소가 든 풍선이면 더 좋고요. 방안 가득 풍선을 불어놓았으면 이제 준비 끝이에요. 진짜 심심하고 외로울 때 갑자기 찾아오는 게 있어요. 그거요, 무서움이요. 딱 그런 마음이 들기 시작하면 하나씩 터뜨리면 돼요. 방 안이 금세 뿌예져요. 그 풍선 안에 밀가루가 조금씩 들어 있거든요. 그럼 하늘에서 눈이 오는 것 같겠죠? 아이가 손뼉을 치면서 좋아라 한다. 이럴 땐 어떤 표정을 지어야 하는지, 나는 조금 난감하다.

아, 그리고 또 하나 있어요. 이건 좀 건강에는 안 좋을 수도 있어요. 우리 아빠가 담배 수집광이거든요. 아빠 트렁크에 여러 나라 담배가 한가득이에요. 외국에 다녀오실 때마다 사오시거든요. 몇 개씩 없어져도 몰라요. 그걸 피우는 거예요.

방 안이 하얘질 때까지 말이에요. 안개가 자욱한 거 같겠죠. 모든 게 다 희미해져요. 내가 이 방 안에서는 혼자라는 것조차 알아챌 수 없어요. 적어도 나는 안개와 함께 있는 거니까 혼자일 때보다야 당연 덜 무섭죠. 안개랑 같이 있는 거잖아요.

우리 영화 볼까. 네, 신나는 걸로요. 세아가 제 팔로 내 허리를 둥글게 끌어안고 머리를 기대온다. 나는 세아의 어깨를 안고 정수리에 볼을 문질러준다. 태양으로부터 나를 구해줘, 내가 너를 비로부터 구해줄 테니! 엄마와 아이처럼, 물과 산호석처럼! 세아는 키득키득 웃고 발가락을 꼼지락거린다. 세아는 항상 내 옆에 붙어 앉는다. 영화를 볼 때나 음악을 들을 때 발가락이라도 닿아 있어야 편안해한다. 세아는 내가 느끼지 못하는 어떤 두려움으로 가득 차 있는 듯하다. 내가 언제고 달아날 준비를 한다면 세아는 끝없이 누군가와 붙어 있으려 든다. 영화가 끝날 무렵 이상한 느낌에 옆을 돌아본다. 전혀 슬픈 영화가 아니었는데 세아가 울고 있다. 처음에는 조금씩 흐느끼는가 싶더니 나중에는 걷잡을 수 없이 울어댄다. 엉거주춤 세아를 품에 안고 한참을 다독인다. 세아의 몸집은 새처럼 가늘고 앙상하다. 나는 갓난아기를 재우듯 가만히 등을 두드린다. 위로라고 하기엔 어설프지만 하여간 세아는 울음을 그친다. 잠이 드는지 숨소리마저 잦아든다. 세아의 호흡은 어느새 내 호흡과 박자를 같이 하듯 조용히 오르내린다.

그러나 그뿐, 세아에 대한 내 감정은 거기까지다. 세아는 분명 나를 자극하지만 순간의 감정에 지나지 않는다. 세아를 소파에 누이고 커피를 한 잔 내려서 마신다. 언젠가 이런 비슷한 감정을 느낀 듯도 하다. 그때도 나는 어떤 남자와 같이 영화를 보고 있었다. 영화는 조금도 야하지 않았고 별 사연도 없었다. 영화 속 남녀는 뜨겁지도 슬프지도 않게 헤어졌다. 그런데 영화가 끝나고 우리는 누가 먼저랄 것도 없이 몸을 섞었다. 나는 섹스 도중 많이 울었던 것도 같다. 남자가 격렬해질수록 내 슬픔도 따라서 격렬해졌다. 우리는 무언가에 지독히 굶주린 사자들처럼 으르렁거렸다. 한참을 포효하듯 진저리를 쳤다. 하지만 그걸로 끝이었다. 그날 이후 나는 전화번호를 바꿔버렸다. 이상하게도 남자를 다시 대면할 용기가 없어서였다.


기말고사 기간이 다가왔다. 한동안 아이들을 보지 않아도 된다는 생각에 내 기분이 홀가분해졌다. 훌쩍 도시를 떠나 어디로든 쏘다니고 싶었다. 그냥 이대로 모아둔 돈이 떨어질 때까지 떠돌아다녔으면 하는 마음이었다. 생각해보면 그렇게 어려운 일도 아니었다. 수업을 채우지 못한 아이들과 수업료 문제를 매듭짓고 전화번호도 바꾸었다. 그리고 나는 아무 생각 없이 하이에나처럼 이곳저곳을 기웃거리다 돌아왔다. 도시는 다시 말쑥한 얼굴로 나를 반겼다. 여행의 피로가 풀려가고 있을 때쯤 세아가 집으로 찾아왔다.

세아는 조금 화가 난 얼굴이다. 대뜸 속담 시합을 하자며 내기를 걸어온다. 제가 이기면 선생님은 제 소원 하나 들어주기예요. 제법 당돌한 말투다. 니 소원이 뭔데? 지금은 말할 수 없어요. 이기고 말할게요. 무언가 세아를 화나게 한 일이 있는 듯하다. 좋아, 그럼 네가 먼저 시작해봐. 나는 세아의 얼굴을 살핀다. 세아는 뭔가를 쏟아내려는 듯 한껏 복받쳐 있다. 나는 이기고 싶지도 않지만 일부러 져주고 싶지도 않다. 세아가 속담 하나를 던진다. 레오니 레오 아세마예 케쇼니 음워웅고(오늘은 오늘이다 내일이라고 말하는 자는 거짓말쟁이다)! ― 킬라 초음보 꾸와 위음빌레( 모든 배는 자신만의 파도가 있다). ― 에오니 야코 케쇼 시오( 내일이 아니라 오늘의 너의 날이다) ! ― 킬라 키웅아라쵸 우시네 니 드하바부( 빛나는 모든 것이 금이라고 생각지는 말아라). ― 네오니 시쿠야 음웨레부 케소야 음푸음바부(오늘은 똑똑한 자의 날이고 내일은 멍청한 자의 날이다) ! ― 쿠리드히카 카마 우나 키콤

베 차마지와 야타무(만약 한 잔의 달콤한 우유를 가지고 있으면 만족해라). ─ 응곤자! 응곤자! 후미자 마툼보(기다려 기다려 이것은 위장을 상하게 한다)! …… 세아는 내게 울듯이 덤벼든다. 나를 이길 수도 없겠지만 나도 무슨 오기에서인지 하나하나 받아친다. 어쩌면 세아의 소원을 듣기가 거북했는지도 모른다. 흥분하지 않았다면 세아는 더 많이 말했을 것이다. 나를 이기기 위해 꽤나 많이 준비했을 테니까.

주먹을 쥐고 파르르 떨고 있던 세아가 소리친다. 다들 뭐가 그렇게 바쁜 거죠? 왜 그렇게 딴청들을 피우는 거냐구요. 날 좀 봐주면 안 되나요? 내가 놀라 세아에게 한 걸음 다가서자 거칠게 밀어낸다. 선생님도 똑같아요. 어디로든 도망갈 궁리만 하잖아요. 엄마두 아빠두 오빠두 다 나 따원 생각조차 않는다구요! 나는 다시 세아를 달래려 다가선다. 울부짖던 세아는 입술을 앙다문 채 내 등 언저리를 쳐대기 시작한다. 한 번 두 번 세 번…… 세아의 흐느낌은 좀처럼 가라앉지 않는다. 내가 무슨 색깔을 좋아하는지, 어떤 노래를 좋아하는지 궁금하지 않으세요? 어젯밤 무슨 꿈을 꿨는지, 내가 얼마나 밤하늘 보기를 좋아하는지 물어봐주면 안 되나요? 세아의 말소리는 흐느낌에 뒤섞여 분명치가 않다. 세아의 흐느낌에 내 마음도 따라서 조금씩 격해져온다. 우는 세아를 달래며 나는 오히려 나를 달래고 있다는 생각이 든다. 세아는 제 슬픔에 겨워 한참동안이나 울다 소파에서 잠이 든다. 세아의 핏빛 손톱을 만지자 세아가 조금 꿈틀거린다. 세아의 손끝을 잡고 나는 가만히 내 안의 풀무질 소리를 듣는다. 툭 투득 툭 투득…… 하지만 잘 들어보면 그것은 세아의 슬픔에 동요되어서 나는 소리가 아니라, 내 안으로 들어오려는 세아를 애써 밀어내는 소리다.

꿈속에서 나는 누군가와 심하게 싸우고 있었다. 싸우고 있다기보다는 상대방을 죽일 듯이 몰아붙였다. 때리고 짓밟고 욕하고 사정없이 물어뜯었다. 상대방은 이미 대항할 힘을 잃었는데도 나는 끝장을 보려 했다. 내 두 손과 발은 쉴 새 없이 상대방의 몸을 향해 덤벼들었다. 바닥에 피가 흥건하고 얼굴은 흉하게 일그러졌다. 정신없이 소리치고 욕지거리를 퍼붓다가 바닥에 주저앉았다. 갑자기 맞고 있는 사람이 누군지 알고 싶어졌다. 나는 고개를 숙여 얼굴을 살폈다. 피로 얼룩져 잘 알 수 없었다. 한참을 들여다봐야했다. 아, 피투성이가 된 사람은 바로 나였다. 나는 훅 숨을 들이마시며 잠에서 깨었다.

나는 다시 잠을 청하려 몸을 뒤척인다. 설핏 잠이 들려 할 즈음 누군가 침대 안으로 들어온 것 같다. 누가 가만히 내 허리를 끌어안는다. 꿈속 같기도 하고 아닌 듯도 하다. 손길은 내 몸 곳곳을 파고들며 부드럽게 출렁인다. 등 뒤로 밀착된 몸이 조금씩 움직이더니 가슴을 움켜쥔다. 손길은 내 몸 깊숙한 곳까지 밀고 들어온다. 나는 놀라 몸을 움츠리며 뒤쪽으로 돌아 눕는다. 세아일까. 몸에는 아무것도 걸치지 않은 듯하다. 숨을 멈추고 잠시 멈칫거린다. 다시 머리카락 몇 올을 손가락에 감아쥐고 가만히 비벼댄다. 풀피리처럼 가는 숨소리가 힘겹게 오르내린다. 꿈이라면 제발 깨고 싶다. 머리끝에서 발끝으로 전해오는 미세한 떨림을 견딜 수가 없다. 거북하고 불편한 느낌 사이로 섞여드는 이 감정을 어떤 말로도 설명할 수 없다. 외로움인가 하면 슬픔이고 애처로움인가 하면 두려움이다.

눈을 뜨니 어느새 아침이다. 세아는 집에 가려는지 옷을 단정하게 입었다. 나는 잠을 설쳐 조금 멍한 기분이다. 세아의 얼굴을 쳐다보기가 민망하다. 세아가 현관 앞에 앉아서 운동화 끈을 맨다. 나는 세아의 등에 대고 잠긴 목소리로 묻는다. 너는 뭐가 되고 싶니? 세아가 나를 쳐다본다. 뭐가 되고 싶은지 생각해본 적 있어? 세아는 운동화 끈을 다 묶을 때까지 아무 말이 없다. 뭐가 되고 싶은지 모르겠어요. 저도 예전엔 그런 거 많이 생각했었는데⋯⋯. 전 지금이 좋아요. 선생님하고 있는 지금이 좋아요. 다른 건 생각 안 할래요.

나는 조금 뜸을 들인 뒤 모질게도 말한다. 어쩌면 오래전부터 준비한 말인지도 모른다. 이제 공부하러 오지 않았으면 좋겠다. 네? 왜요? 이제 그만 가르치고 싶어. 세아가 놀란 얼굴로 묻는다. 왜 그러는 건데요? 제가 뭐 잘못한 거 있나요? 아니. 그냥 좀 쉬려구. 나는 애써 거짓말을 지어낸다. 세아가 신발을 차버리고 다가온다. 선생님 비겁해요. 선생님도 내가 좋으면서 또 도망가려는 거지요! 나는 세아의 두 눈을 똑바로 쳐다본다. 니가 뭘 아니? 니가 나에 대해서 뭘 안다고 함부로 말하니? 가! 당장 가! 세아의 눈이 빨개지면서 눈물이 고인다. 가라구! 내 말 안 들려? 가란 말이야! 나는 눈에 띄는 책 몇 권을 세아를 향해 집어 던진다. 파르르 떨며 참고 있던 세아가 갑자기 컵을 들어 내리친다. 여러 조각의 파편들이 책들 위로 난무한다. 세아가 씩씩대며 나를 노려본다. 겁쟁이! 세아는 울면서 깨진 컵 조각을 맨발로 짓이기며 뛰쳐나간다.

세아가 나간 뒤 거칠게 닫히던 문소리는 내 안에서 한참을 서성댄다. 속이 울렁거린다. 나는 화장실로 가서 속의 것을 게워낸다. 먹은 것도 없는데 꾸역꾸역 신물이 올라온다. 입에서 시큼한 냄새가 난다. 나는 변기를 붙들고 주저앉는다.

궤도를 벗어난 로켓이 컴컴한 우주 속을 한없이 돌고 있는 기분이다. 나는 무언가에 세차게 얻어맞은 듯 기운을 차리기가 힘들다. 아직도 꿈속인가 싶어 조금 전 피가 흥건했던 바닥을 떠올린다. 피는 없고 꿈속도 아니다. 여기는 분명 내 집 화장실이다.

겉옷을 걸치고 집을 나선 건 정신이 조금 들었을 때다. 신호가 바뀌자 달려가는 차들을 바라보며 나는 건널목에 선다. 이제는 행인들이 걸어갈 차례다. 나는 왠지 한 발짝도 움직일 수 없다. 마치 걷는 방법을 잊어버린 사람처럼 그 자리에 서 있다. 아무 일도 없었던 원래의 자리로 돌아가고 싶다. 내 문 안으로 들어오려는 세아가 싫다. 세아는 꿈속에서조차 내 몸을 휘젓고 다니는 것만 같다. 나는 내 안의 문을 닫기로 한다. 설령 문밖에서 세아가 울고 있다 해도 말이다. 방금 도착한 버스에서 한 무더기의 사람들이 쏟아져 내린다. 헤어지기 싫은 젊은 남녀가 서로를 끌어안는다. 나는 퀭한 두 눈을 들어 주위를 두리번거린다. 다시 초록불이다.

빠른 걸음으로 건널목을 건넌다. 내가 두어 번 간 적이 있는 이동통신회사 대리점이 보인다. 친절한 여직원이 반갑게 나를 맞는다. 무엇을 도와드릴까요? 네, 핸드폰 좀 바꾸려구요. 전화번호도 바꾸시는 건가요? 나는 그렇다고 대답한다. 속이 텅 빈 탓인지 몸이 자꾸 떨려온다. 여직원은 새 전화번호를 고르라며 나를 부른다. 얼마 전에도 바꾸셨는데 또 바꾸시네요? 마치 나를 아는 듯 한 표정으로 웃으며 서 있다. 나는 기습공격을 당한 사람처럼 눈을 동그랗게 뜬다. 한참을 입을 뗄 수가 없어 쭈뼛거린다.

그때 핸드폰에 문자가 들어온다. 속담처럼 짤막한 단문의 문자다. 〈나, 고양이 버스 타러 가요〉. 순간 머릿속은 방전된 배터리처럼 하얗게 비어버린다. 내 안에서 누군가 나를 부르는 듯하다. 마치 큰 소리로 무언가를 외쳐대는 것만 같다. 나는 핸드폰을 들고 도망치듯 대리점을 뛰쳐나온다. 손님! 손님! 여직원의 커다란 목소리가 뒤통수에 따라붙는다. 교차로의 초록색 신호등이 무슨 말을 하려는 듯 깜박거리고 있다. 나는 그 불빛을 좇아 세아의 집을 향해 전속력으로 달려간다.

# 비눗방울의 꿈

안지영(문학평론가)

　내 손바닥에는 작은 가시가 박혀 있다. 언제 그렇게 된 것인지는 분명하지 않다. 얼마나 작은 가시인지, 정말 가시인지 아닌지도 모르겠다. 어느 날엔가 엄지손가락 아래쪽에 티눈같이 생긴 작은 상처가 난 것을 발견하고는 '어쩌다가 이런 게 생겼지'하고 무심결에 넘어갔을 따름이다. 가시를 빼보려고도 했지만 생각보다 쉽지 않았고 가끔 어딘가에 손을 짚을 때 따끔한 느낌이 들 때를 제외하고는 일상에 별다른 불편을 느끼지도 못했다. 이제 막 종알종알 대화를 나눌 수 있게 된 아이가 그게 뭐냐고, 엄마 손에 가시가 박혔냐고, 많이 아프냐고 묻기 전까지는 내게는 그저 그런 상처 중 하나

였을 뿐이다. 살아오는 동안 몸 여기저기에 크고 작은 상처들이 생겼고, '어른'이 된다는 것은 그런 상처들을 대수롭지 않게 넘기며 툭툭 털고 일어나는 것이라고 믿어 왔다. 상처를 잘 돌보지 못해서 결국 거뭇한 흔적으로 남는 상처가 늘어갔지만 그러려니 했다. 다음에는 조심해야겠다는 생각보다 또 이렇게 되어버렸다며 체념해버리기 일쑤였다.

몸에 생긴 상처에만 무신경했던 것은 아니다. 고통에 무디게 반응하기 위해 애쓰면서 고통스러운 기억을 상기시킬 만한 일들을 외면하는 연습을 해왔다. 고통과 대면하는 것이 두려웠다. 아마도 내가 얼마나 연약한 살갗을 지닌 사람인지를 알려줄 것만 같아서였을 것이다. 그런데 문미순의 소설집을 읽으며 손바닥에 난 상처를 다시 들여다보게 되었다. 그 상처는 뭐냐고, 어쩌다 그렇게 된 거냐고, 혹시 많이 아프지는 않냐고 물어봐주기를 기다렸던 사람이 나만은 아니라는 걸 이 소설집 속의 인물들이 말해주는 듯했다. 물론 그들에게도 누군가의 상처에 대해 묻고 응답하는 과정은 그리 수월하지가 않다.


문미순의 등단작인 「고양이 버스」의 서술자와 '세아'의 관계부터가 그러하다. 자신이 세 번이나 파양된 사실이 있다는 사실을 불과 열네 살 무렵에 알게 된 서술자는 친밀한 관계를 맺는 것에 거부감을 느낀다. 누군가 자신에게 조금이라도 친절을 베푸는 것 같다고 느끼면 그/녀가 다시는 자신에게 연락하지 못하도록 도망쳐버린다.

그런 서술자의 영역에 어느결에 성큼 들어온 것이 바로 세아다. 서로의 상처에 감응해서 자석처럼 이끌렸다고 표현하는 것이 더 적절할지도 모른다. 서술자와 마찬가지로 가족들과의 불안정한 관계로 인해 심한 불안을 느끼는 세아를 서술자는 다른 경우와는 달리 매몰차게 밀어내지 못하기 때문이다. 하지만 그들의 관계는 그 이상으로 발전하지는 못한다. 서술자는 "모르겠어. 나는 뭔가 독한 것을 원하는데 막상 그것이 내 앞에 오면 마주하기 싫어. 머릿속이 띵하도록 얼얼한 게 좋은데 그걸 어떻게 받아들여야 하는지, 나도 내가 원하는 것이 뭔지 모르겠어"라며 세아에게 누구에게도 말하지 않았던 속마음을 털어놓기도 하지만 끝내 자기 마음에 들어오려는 세아를 밀어낸다.

자기의 불안을 일방적으로 이해받기를 원하는 건 세아 역시 마찬가지다. 해서 서술자가 세아의 문자를 받고 달려나가는 것으로 소설이 마무리되기는 하지만, 이를 서술자가 세아에게 마음을 열었기 때문이라고 보기 힘들다. 서술자가 이전에도 그랬듯이 잠시동안은 곁을 내줄 수도 있겠지만 언제까지나 세아를 위해 희생할 수만은 없을 것이다. 더구나 서술자처럼 관계에 대한 심한 불안을 가진 사람에게 세아의 존재는 엄청난 부담일 수밖에 없다. 어떠한 상처도 받지 않으려고 온 힘을 다해 도망치고 있는 서술자의 행위가 불가능에 가까워 보이는 것만큼이나 서술자에게 자신의 상처를 치유받으려 하는 세아의 시도가 위태롭게 느껴지는 까닭이다.

이러한 관계의 어긋남은 「비눗방울」에서도 이어진다. 이 소설의 주인공인 재경은 연 교수의 집에서 그녀의 외손녀인 서현을 5년여간 돌보며 가사 도우미 일을 한 적이 있다. 놀이터에서 낡은 시소에 서현의 손가락이 잘리는 불의의 사고를 겪은 데다가 연 교수의 브로치와 관련된 오해가 겹겹이 쌓이면서 일을 그만둔 후 지금은 청소 전문회사 일을 다니고 있다. 그녀는 만나서 점심이나 하자는 연락을 받고 연 교수의 집까지 방문하게 되었지만 계속 꺼림칙한 기분 속에서 경계를 풀지 못한다. 소설은 재경의 시점에서 전개되기 때문에 연 교수가 무슨 생각에서 재경에게 연락을 한 것인지, 왜 재경에게 가끔 보자고 하는 것인지를 분명하게 짐작하기는 어렵다. 다만 소설이 전개되면서 크고 작은 사고와 오해들 외에도 재경이 연 교수를 불편하게 생각하는 다른 이유가 있음이 드러난다.

연 교수는 고용-피고용의 관계가 이미 끝났음에도 여전히 자신이 지시를 내리는 입장에 있음을 재경에게 재차 확인시키고 있다. 물론 그것이 의도적인 것은 아니었는지도 모른다. 하지만 연 교수의 별 것 아닌 것 같은 말들이나 브로치 등이 재경을 심리적으로 압박하고 있음은 분명하다. 한데 이로 인해 연 교수는 자신의 취약함, 그러니까 신체적으로 연로해가는 상황에서 여성으로서 신체적·정신적·심리적 고립을 감당해야 하는 상황을 재경이 알아차리는 것을 불가능하게 만든다. 친밀한 관계로부터 철저히 고립된 연 교수는 어쩌면 절박한 마음에서 재경에게 연락한 것일 수도 있다. 그런 점에서 연 교수 역시 "흔적도 없이 사라질 비눗방울 같은 존재"에 해당한다고도 말할 수 있다. 집으로 돌아가려는 재경을 배웅하며 연 교수가 "조금 우는 듯한 표정"을 지어 보였다는 것은 이런 점에서 납득이 되기도 한다. 하지만 죄책감을 빌미로 자신을 '이용'하려는 것은 아닌지 불안과 두려움을 느낀 재경은 서둘러 그 집을 떠나버리고, 이후 이들이 다시 만날 일은 요원해 보인다. 누구도 고립에서 벗어날 길을 찾지 못한 채로 소설은 씁쓸하게 마무리된다.

이들과 달리 「망치」의 노파는 언뜻 씩씩하게 노년을 헤쳐나가는 것처럼 보인다. 하지만 그녀 역시 그렇게 '끄떡없는' 존재는 아니라는 사실이 소설의 마지막에 가서 확인된다.

이 노파에게는 이름조차 부여되지 않는다는 점이 존재에 묘한 신비감을 부여하는데, 그래서인지 그녀는 마치 설화에 등장하는 상상의 인물과 같은 인상이다. 벽을 부수는 이웃의 항의에 아랑곳하지 않고 마치 못된 악당을 물리치기라도 하듯 망치질을 해대는 노파의 모습은 어쩐지 낯설기만 하다.

노파를 중심으로 한 가족 구성원들의 내력도 예사롭지가 않다. 원룸에 설치된 가벽을 부수러 찾아온 노파를 두고 '노래하는 새'라고 자칭하는 스물둘의 젊은 손자는 쓰레기봉투를 사러 나갔다가는 영 돌아오지 않는다. 폭행 문제에 휘말려 연락이 두절된 아들은 생사조차 불분명한데, 그 아들을 찾는 경찰인지 누군지 모를 누군가의 전화가 계속 노파에게 걸려온다. 노파는 세상으로부터 단절된 작은 세계에 들어가 소통을 단절한 채 그야말로 '외로운 사업'(이상, 「거울」)에 골몰하고 있다.

작가는 노파가 벽을 부수는 그다지 특별하지 않은 사건에 주목해서 그 과정들을 세세히 전달하는데, 이는 노파가 벽을 부수는 태도에 그녀가 인생을 대하는 자세가 반영되어 있기 때문이리라. 노파는 남들처럼 쉽게 풀리지 않는 신산한 삶에 얽매지 않는다. 자책하거나 신세 한탄을 내놓지도 않는다. 그저 자기 앞에 있는 일을 무모할 정도로 힘차게 해치울 따름이다. 문미순 소설에서 가장 '투사'에 가까운 인물이 있다면 이 노파일 것이다. 하지만 문 앞에서 경찰을 마주한 순간 노파의 기개는 온데간데없이 사라져 버린다. 해서 노파가 경찰차에 실려 가는 마지막 장면은 다소 희극적이면서도 지나치게 비극적이다. 주변을 신경 쓰지 않고 망치질을 할 때는 그렇게도 힘이 넘치던 노파가 경찰의 등장 이후 돌연 초라한 행색으로 변해버릴 때, 동화책에 나오던 마법이 현실에서는 불가능하다는 사실을 깨달아버린 어린아이의 심정이 되어버린다. 마법은 끝이 났고 노파의 가족은 다시 행복해지기 어려우리라. 짧게 깎아 올려 "파르라니 추워보"이는 손자의 목언저리처럼 세계가 추위로 얼어붙어 간다.

　이러한 세계관 속에서 「딱따구리」와 「터널」에 나타난 비관적인 결말에 대해 이야기해볼 수 있다. 우선 해피엔딩에 대한 기대를 철저히 배반하는 「딱따구리」를 보자. 조금이라도 희망적인 메시지를 기대했던 독자라면 혼자서 딱따구리를 찾으러 떠난 우재가 그래도 무언가를 발견했으리라 예상했을 터이다. 하지만 우재는 딱따구리를 찾기는커녕 완전히 막다른 길에 들어섰다가 산길에서 굴러떨어지는 사고를 당하고, 우재와 달리 편하게 집에서 텔레비전이나 보고 있던 태주는 뜻하지 않게 별똥별을 목격하게 된다. 우재가 딱따구리를 찾아 나서게 된 것이 자신이 처한 막막한 상황에서 벗어날 수 있는 길을 모색하려는 것이었다는 점을 생각하면 이러한 결말은 지독히도 비관적인 것이다. 현실에는 우리를 구원해줄 마법 같은 일은 절대로 일어나지 않는다는 점을 강조하기 위한 것이 아니라면 이렇게까지 가혹한 결말을 낼 필요가 있었을까.

「터널」에서 주인공 지민이 처한 운명 역시 이와 크게 다르지 않다. 유치원 교사로 근무하면서 아이들과 연극 연습을 하던 지민은 놀이터에서 놀던 아이들이 갑자기 사라지면서 곤란한 상황에 빠지게 된다. 아침부터 들려온 총성에 온종일 신경이 곤두서 있던 데다가 아이들까지 찾지 못하는 상황에서 지민은 수년 전 아이들과 숲으로 산책을 나갔다가 "한방의 총성처럼 고막을 찢을 듯한 아이의 비명소리를 들었"던 과거의 기억을 떠올린다. 지민 몰래 나무에 올라갔던 아이가 떨어지면서 실명을 해버린 이때의 일로 지민은 신상이 공개되고 수년 동안 무력한 상태에서 지내야 했다. 새벽에 들은 총소리에 그녀가 누구보다 예민하게 반응했던 이유도 이를 통해 짐작된다. 자기가 통제할 수 없는 위험이 일상에 도사리고 있다는 사실을 경험한 적이 있는 지민에게 이는 극도의 불안을 일으키기에 충분한 자극이었다. 심지어 사라진 아이들을 찾기 위해 올라간 야산에서 그녀는 버려진 유기견들에 포위되어 꼼짝도 하지 못하는 극도로 위험한 상황에 처한다.

「딱따구리」만큼이나 「터널」에서도 문제는 해결되기는커녕 점점 악화되기만 한다. 인물들은 자기도 모르는 사이에 수렁에 빠지고 있으며 거기에서 빠져나오려고 할수록 더 깊이 빠져든다. 이들이 자력으로 수렁에서 빠져나오는 것은 불가능해 보인다. 이들에게는 지금 누군가가 필요하다. 실직의 두려움과 인생의 우울함에 대해 함께 이야기하고 딱따구리든 무엇이든 함께 찾으러 나가줄 누군가가 우재에게 있었다면, 아이가 실명한 데 대한 죄책감과 불안에 사로잡혀 있는 지민에게 괜찮다고, 네 잘못이 아니었다고 말해줄 누군가가 있었다면 얼마나 좋았을까. 어른이라면 누구나 자기의 고통을 스스로 책임지고 돌볼 수 있어야 한다는 것은 어쩌면 이 사회가 주입한 허황된 망상일지 모른다. 아무리 독립하고 성숙한 사람이라고 하더라도 우리는 비눗방울처럼 언제 터질지 모르는 연약한 존재들일 따름이다.

마지막으로 읽어볼 「내가 고요라는 단어를 발음하는 순간」이 조금 다르게 읽히는 이유 역시 여기에 있다. 이 소설의 주인공 혜란에게는 자기의 고통을 이해해줄 만한 존재가 있다. 정훈은 인간이 인간으로서 존중받지 못하는 상황에 대해 참지 말고 맞서야 한다는 당연한 사실을 깨우쳐준 사람이었다. 우리가 서로의 고통을 살피고 상처를 돌본다면 우리의 존재가 지금보다는 조금 덜 위태로워지지 않을까. 소설에 인용된 쉼보르스카의 시 「선택의 가능성들」에 나오는 시 구절을 다시 천천히 읽어보자.

"별들의 시간보다 벌레들의 시간을 더 좋아한다. 나무를 두드리는 것을 더 좋아한다. 얼마나 더 오래, 그리고 언제라고 묻지 않는 것을 더 좋아한다. **모든 존재가 그 자신만의 존재 이유를 갖고 있다는 가능성을 마음에 담아 두는 것을 더 좋아한다.**"(강조_인용자)

정훈은 초월적 세계보다 별 볼일 없어 보이는 지상의 시간이 얼마나 소중한지를, 비루하고 비소하기만 한 그 존재들이 제각기 자신만의 존재 이유를 가졌다는 사실을 혜란의 삶 속에서 구현해서 보여주었다. '시 읽기'를 통해 혜란이 붙잡고 있었던 가능성이 현실에서도 충분히 실현 가능한 것임을 알려준 것이다.

마트에서 함께 일하던 정훈이 부당한 일에 항의하다가 일을 그만둔 지 사흘이 지난 시점에서 혜란은 정훈이 어떠한 존재였는지를 새삼 깨닫는다. 그리고 마침내 혜란은 가능성을 실현하기 위해 한 발을 내딛기로 한다.

자신에게도 자신만의 존재 이유가 있다는 점을 무시하며 부당한 대우와 모욕을 일상화하는 "그들의 무례함을 용납하지 않기로" 한 것이다. 누군가는 이러한 혜란의 선택이 지나치게 감정적인 것이거나 무례함이 만연한 현실을 변화시키기에는 미약한 것이라고 말할지도 모르겠다. 하지만 만일 정말 그렇다고 할지라도, 그래서 혜란이, 그리고 언젠가는 정훈이 자신의 선택에 대해 후회하게 될지라도 이들의 선택이 틀렸다고 말해서는 안 된다. 이들이 자신의 선택을 후회하게 만드는 이 세계야말로 잘못된 것이기 때문이다.

패배할 것을, 다칠 수 있다는 것을 알면서도 서로의 보호막이 되어주기 위해 나아가는 이들의 삶은 고귀하고 아름답다. 문미순은 이러한 비눗방울과 같은 존재들의 편에 서서 그들의 꿈에 응원을 보내는 중이다.

# 작가의 말

기적을 믿는 아이처럼,

언젠가 올지도 모를 기적을 좇아 오랫동안 문을 두드렸습니다.

드디어 그 문이 열리고 두드리면 열리리라는 확신을 갖게 된 지금, 짧고 신박한 소감을 쓰리라던 다짐은 어디론가 사라져버렸습니다.

제가 잘되기를 빌어준 친구들에게,

허접한 원고를 애정으로 읽고 조언해준 문우들에게,

살아 계셨더라면 동리에 플래카드를 걸고 좋아라 하셨을 아버지에게,

울타리가 되어준 가족과 형제들에게,

무엇보다 제 글에 확신을 갖지 못했던 저 자신에게 이런 기적을 선물할 수 있어서 다행입니다.

아직은 더 오래 쓸 수 있어서 다행입니다.

부족한 작품을 뽑아주시고 세상에 나올 수 있도록 힘써주신 모든 분들께 진심으로 감사드립니다.

제 소설의 주인공이 되어준, 머리가 아닌 손과 가슴으로 일하는 모든 분들이 웃을 수 있는 그날을 꿈꾸며 계속 정진하겠습니다.

감사합니다.

2021년 9월
문미순

# 고양이 버스
ⓒ문미순

2021년 9월 30일 초판 1쇄 펴냄
2024년 11월 15일 초판 2쇄 펴냄

**지은이** 문미순
**펴낸이** 김재범
**펴낸곳** (주)아시아
**출판등록** 2006년 1월 27일
**등록번호** 제406-2006-000004호
**이메일** bookasia@hanmail.net

ISBN 979-11-5662-560-5 (03810)